KB175928

어쩌면
제법
괜찮을지도

어쩌면
제법
괜찮을지도

신중인
지음

이담
Books

프롤로그

    날씨와 상관없이 글을 쓴다. 단순한 인생을 좋아한다. 말랑말랑하고 귀여운 것들을 좋아한다. 영화와 음악을 사랑하고 글과 책을 더 사랑한다. 쓴 아메리카노와 케이크를 동경한다. 이 모든 것을 비 오는 날 할 수만 있다면 세상 무엇과도 바꿀 수 없을 것이다.

    사랑하고 좋아하며 동경하는 것, 삼박자가 합을 이룰 때 내 인생은 항상 행과 복이 같이 웃음을 머금고 산다.

    이 글을 읽는 사람들이 가장 행복했으면 좋겠다. 지금 이 글이 나만의 책의 첫 장에 들어갈 생각을 하니 가슴이 뛰고 마음이 뭐랄까, 울렁울렁한다. 그냥 마치 좋다는 뜻.

내가 쓴 이 모든 글들을 통해 그대들이 위로받길 바란다. 아프지 않기를 바람. 그래서 정했다. 이 글과 책의 주제는 없다.

"세상은 참 이상해. 차가우면 차갑고 뜨거우면 뜨겁지
왜 둘 다 하고 그래?
그냥 파도처럼 흘러가듯 살자."

매일 마음속으로 상상하는 말이다. 그렇다. 우리는 미지근한 세상에서 살고 있다. 너무 뜨겁게도, 너무 차갑게도 살아가지 않는 우리는 다 같은 인생을 살며 파도처럼 흘러가듯 시간 속을 거닌다.

자라는 환경도 다르고 겪는 경험은 다르지만 각자 겪는 감정은 비슷할 것이다. 그 비슷한 감정을 나 혼자가 아니라 너와 나와 우리와 너희가 같이 겪기 위해 책 출간을 기획했다.

힘들어 울고, 행복해 웃는 감정을 우리가 같이, 그리고 서로 느끼고 고개를 끄덕이는 일이 얼마나 힘이 되는지 모를 것이다.

치열하게 사는 삶 속에서, 그냥 차갑고 뜨거운 인생을 살아가는 우리가 공감 하나쯤은 같이 하면서 쉬어가도 되지 않겠나.

미지근한 우리 인생에 미지근한 책으로 남고 싶다. 그리고 단지 감정을 위로하고 싶다. 같은 감정을 겪는 사람으로서.

글의 문단과 단어를 수백 번 고치고 고쳐 좋은 발음과 언어로 책을 쓰고 싶었지만, 그것은 나의 진정한 모습이 아니었기 때문에 그냥 내 모습 그대로를 받아들이고 글을 쓰기로 했다.

짧은 인생을 살면서 힘들고, 고난과 역경을 지나왔다. 그 순간마다 수많은 책을 읽으며 위로받았다. 책에는 대단한 힘이 숨겨져 있다. 평범한 삶을 특별하게 만들어준다. 예술과도 같은 삶을 사는 우리에게 위로와 공감을 해주는 것이 책만큼 좋은 것은 없다고 생각한다.

그래서 나도 누군가에게 내가 느낀 감정에 대해 나누고 그 사람을 위로하고자 이 책을 세상 밖으로 야금야금 꺼냈다.

아마 이 책이 세상 밖으로 나와 첫 장을 읽을 때쯤이면 내 인생에 무엇인가는 변화하고 달라진 삶을 살아가지 않을까 예상한다.

그렇다, 이제 시작이다. 어쩌면 제법 괜찮은 삶 속에서 감정을 그냥 같이 느끼자. 우리가.

차례

PART

1

시작한다는 마음

휴일을 보내며
아무것도 하지 않는 것

정신없이 일을 한 후 지친 시간 속 오랜만에 꿈같은 주말이 내게 왔다. 현재 나는 방송 드라마 쪽 소품 인테리어 및 디자인 담당을 하는 직업을 갖고 있다. 빈 곳을 채우는 역할인데 나오는 배우들의 콘셉트에 맞게 가구와 색을 정해 인테리어하고 그래픽을 디자인한다. 사실 지금 너무 어렵게 설명했다. 그냥 쉽게 말해 방송 종사자다.

바쁘게 일하는 일상 속에서 꿀보다 달콤한 휴일을 맞았다. 드라마가 곧 들어가기 전 주말은 내게 밤새워 일한 보상이라고 생각한다. 드라마가 들어간 후부터는 너무 바쁘므로 시간이 없다. 그래서 항상 시간이 날 때마다 책을 읽고 마트에 가서 장을 보고 틈틈이 자취생활 삶을 즐기려고 한다.

어느 정도로 시간이 없는지 감이 안 잡히는 사람들을 위해 설명을 하자면 촬영이 들어가기 전까지 그 드라마를 위해 인테리어 디자인을 하며 아침부터 저녁까지 모든 일정을 소화해야 한다. 일찍 출근하고 늦게 퇴근하는 일은 이젠 내게 일상 속에 스며든 지 오래다.

세트장을 채워야 하는 기간은 세트장에 자주 들러 세팅한다. 세팅하기 전까지는 모든 가구를 받고, 구매한다. 단지 이렇게 말로 풀면 쉽지만, 굉장히 복잡하고 까다로운 계약 절차들이 지나고 난 후 자사 제품을 받는다. 촬영에 들어가면 연출에서 요구하는 사항들을 하나하나 점검해 들어줘야 하며, 촬영은 보통 주 7일 중 5일을 한다. 당연히 새벽에 끝나는 일이 다반사고 그만큼 시간이 없다.

그렇게 정신없이 일을 하다 보면 가끔 푹 쉴 수 있는 휴일이 온다. 어제는 정말 오랜만에 쉬는 날인 만큼 계획을 틈틈이 짜서 보내려고 했다. 그렇게 내 계획에는 여러 가지 중 영화도 껴 있었다. 혼자 영화를 보기 위해 다짐을 했던 오늘이지만,

갑자기 귀찮아졌다. 왜일까, 갑자기 우울해졌다. 가끔은 혼자만의 생각에 빠져 우울하고 무기력한 하루가 시작되는 날이 많다.

새벽에 갑작스러운 비가 왔고 추적추적 바닥에 떨어지는 빗소리가 너무 듣기 좋아서 잠을 평소보다 오래 청했다. 그 후 느지막하게 점심을 먹고 양치도 하고 팩도 했다. 세수도 하고 나갈 준비 다 했는데 기운이 없어서 다시 누워버린 셈이다.

결국, 무거운 몸을 일으켜 장을 보고 왔지만 무언가 마음 한 구석이 우울하고 행복하지 않다는 기운이 계속 나를 억누르고 있다. 어쩌면 이 기운들이 계속된 것일지도 모른다. 무엇일까? 무엇이 그토록 날 괴롭히는 건지 모르겠다.

나만 그런 것인가, 다들 그럴 때가 있을 것이다. 그냥 아무 일도 없지만 우울하고 아무도 나를 건드리지 않았으면 좋겠는 날들, 그럴 때는 모두 무엇을 열심히 하기보단 그냥 나처럼 아무것도 하지 않는 것이 제일 좋은 방법일지도 모른다.

나처럼 그냥 아무것도 하지 않고 자신에게 휴식을 주는 것도 큰 보상이 아닐까 싶다. 휴일을 보내며 아무것도 하지 않은 오늘 왠지 많은 일을 한 것 같은 느낌이 든다. 기분이 모르겠다는 생각이 들 때는 아무것도 하지 않고 누워 음악을 듣고 책을 읽는 것도 평안하고 평범하게 날을 보내는 가장 좋은 일일 수도 있다.

휴일을 맘껏 즐길 수 있노라면 그것이 뭐든 가득 품을 수 있을 것 같다.

~~~~~~~~~

초여름이 온다는 것은
냄새로 알 수가 있다

나에겐 특이한 버릇이 있다. 계절이 바뀌는 그 시기 동안 날씨에서 나는 냄새를 통해 그 계절에 했던 것들을 떠올린다. 쉽게 말해 냄새로 기억해내고, 계절을 알 수가 있다는 말이다.

길을 걷다 예전 그 냄새가 떠오르면 그때 느낀 감정과 시간, 장소 등이 엄청 뚜렷하게 나타난다. 좋은 버릇인지 특이한 건지는 모르지만 쉽게 잊지 않으려고 하는 습관 덕에 생겨난 버릇 중의 하나인 것 같다. 얼마 전에 출근을 위해 아침 버스를 타고 가던 중, 창문을 열자마자 또 냄새가 났다. 여름 냄새.

계절이 바뀌는 그 냄새가 있다. 봄은 향긋하면서 은은한 것들이 나를 감싸고 돈다. 여름은 풀 냄새가 심하다. 근데 그 풀 냄새는 독한 냄새가 아니라 마치 잔디밭에 누워 있어야만 하는 의도적인 냄새가 마음을 떠나고 싶게 만든다.

가을은 냄새가 춥다. 가을에 오는 바람은 칼칼하고 내 볼을 스치면서 코로 들어오는데 달콤하지도 씁쓸하지도 않다. 그저 차갑다. 겨울은 새벽과도 같은 냄새가 난다. 뭐랄까, 글로도 설명하지 못할 냄새가 있다. 마치 소복이 쌓인 눈을 밟으며 가야 할 것 같은 느낌이다.

가끔 생각한다. 다른 사람들은 계절을 무엇으로 기억할까? 그때의 경험과 시간으로 계절을 기억하는 사람도 있다. 사진으로 간직해 기억하는 사람들도 있고 계절의 날씨를 통해 자신의 피부에 닿는 결로 계절을 판단하는 사람도 있을 것이다.

네 번의 계절에 우리는 여러 가지 의미를 담는다. 연인과의 추억을 담고, 가족들과 인생을 담는다. 성공과 준비의 단계, 이별과 시련의 상처들을 담으며 자신의 방식대로 사계절을 보낸다.

어떤 의미가 있든 모두 사계절 속에 담아보자, 그리고 느껴보자. 그것이 아주 기분 좋은 달콤함이든 쓰디쓴 약이든 뭐든 담아보면 느낄 수 있을 것이다. 사계절 동안 수많은 일이 모두에게 일어날 것이다. 하지만 무엇이든 일어남에 있어 자신이 만들어지는 것으로 생각한다.

글을 읽는 모두가 냄새로 기억하는 방법을 익혀봤으면 좋겠다. 아마 아주 좋은 기분이 들 것이다. 살랑한 바람과 쏟아지는 비, 노란색과 쨍한 색이 섞인 햇빛과 소복한 눈까지 모두 냄새가 있을 것이다.

아마 사계절의 냄새가 그대들의 기억과 추억의 냄새로 변할수도 있다. 수많은 계절 사이에서 냄새를 맡았고 그 냄새와 함께 행복하고 슬펐던 기억들을 함께 했다. 앞으로 글을 쓰면서 다루게 될 행복, 기억, 냄새, 계절 등 여러 가지 단어 참 잘 만들었다.

만약, 냄새로 시간을 돌리거나 기억하는 그 순간으로 갈 수만 있다면 가고 싶은 순간들이 하나, 둘 정도가 아니다. 그만큼 내 머리 곳곳에 냄새로 기억할 만한 것이 숨어 있다. 다음으로 무슨 기억들이 내게 다가올지 의문이다.

항상 무엇이 찾아온다는 것은 설렘이 가득한 만큼 그것들을
기다려본다.

불안감이
나를 먹는 순간들
그리고 꿈은

　요즘 들어 미래에 대한 불안감이라는 것들이 나를 계속 따라온다. 터가 좋지 않은 건지, 잠드는 자세가 좋지 않은 건지는 잘 모르겠지만 잠을 자도 편하게 잠을 못 자고 헛된 망상에 빠져 나쁜 꿈을 꾼다. 즐거운 일이 있어도 웃음을 잃고는 즐겁게 생활하지 못한다. 슬픈 일이 생겨도 예전에는 친구들에게 이야기하면 편해지고 스트레스도 풀리는 기분이었지만 이제는 누구에게 마음을 터놓고 슬퍼하지를 못하는 일이 다반사인 것 같다.

　이런 일이 있을수록 긍정적이고 당당하게 무엇이든 할 수 있는 사람처럼 행동해야 하는데 그게 쉽지 않다. 대학을 졸업 후 사회에 나와 보니 어린 시절 꿈꿨던 사회는 내가 꿈꾸던 곳과는 아주 다른 곳이었다. 차갑고 냉랭한 현실 속에서 과연 이것이 정답인가에 대해 찾는 질문이 잦아졌고 점차 내게 확신이 없어진 순간들이 늘었다.

어릴 적 방송을 하겠다고 부모님에게 까불던 꼬맹이는 어느덧 진짜 방송을 하고 있다. 하지만 점점 커가며 몸의 체형이 바뀌듯 내 꿈도 커왔다. 그 꿈이 뭐든 간에 아마 자주 바뀐 것 같다. 내가 하고 싶은 분야의 회사를 만들고 대표가 되어 내 사람들과 목표한 목표치를 달성하기 위해 낮과 밤 없이 노력하는 순간들이 어느덧 내 꿈이 되었다. 어릴 땐 집에 걸어 들어가며 본 밤하늘은 광활했고 그 이후 과학자, 꼭 우주를 갈 수 있는 과학자가 내 꿈이었다. 축구공을 잘 다루는 선수를 보며 동경했고 그땐 내 꿈이 다시 축구선수로 바뀌는 순간들도 있었다.

초, 중, 고 쉴 새 없는 교육과정을 밟고 올라와 대학에 진학 후 정말 열심히 살아왔다. 방송과를 왔으니 방송을 해야 한다는 생각을 해본 적은 없다. 하지만 그렇다고 방송 말고 다른 일을 생각해본 적도 없는 것 같다. 4학년 취업 시기에는 짧지만 그래도 준비했던 MBC 공채에 떨어지고 광고 마케팅을 준비했던 모든 회사에 떨어졌다.

그것들이 불안하다고 생각한 순간부터 예민했고 많은 사람에게 날카로워졌다. 그토록 기분이 태도를 만들지 말자던 내 철칙과 예의를 중요시하는 나만의 모든 것이 무너졌다.

그렇게 시간이 흐르던 중 문득 들었던 생각은 어쩌면 불안감은 내가 만들어낸 머나먼 상상의 아픔일지도 모른다. 그저 없는 존재지만 단순히 힘들다는 이유로 그 단어를 끄집어내 억지로 만들고 몸에 끼워 맞추듯 했다. 그로 인해 내가 만든 것들 때문에 나와 내 주변에 있는 모두가 힘들 수도 있겠다는 판단과 생각이 들었다. 참 늦게도 이것에 대해 느꼈고 무지했다.

이후 "불안감이 왜 생겼을까?"라는 생각을 매번 했다. 뭐가 잘 안 되는가에 대한 답도 나오지 않았다. 아마 모두가 같을 것이다. 무엇인가 잘 안 되었을 때 불안하고 안 좋은 생각들로 인해 본인을 감싸는 좋지 않은 기운이 자신을 힘들게 한다.

이 구절에서는 나 그리고 글을 읽는 모두에게 "힘을 내야한다", "다시 일어서자는 응원"은 하지 않을 것이다.

그냥 그저 그렇게 살아가자. 불안하고 힘들어도 우리 모두그런 세상 속에서 살아가고 있으니 불안감도 우울함도 같이함께 살아가자. 당연시할 때쯤이면 익숙해질 수도 있다. 수없는 아픔과 상처를 겪고 난 후 어른이 되는 것인지, 이것이 청춘인지는 다 모르는 소리다. 하지만 본인이 만들어낸 것들과함께 살아가다 보면 변화가 분명 일어날 것이다.

우리는 삶에서 무너진 것을 차근차근 다시 세우고 철칙을한 번 더 만들 예정이다. 불안감에 맞서 싸울 자신감과 힘은없지만, 그 불안감을 내 친한 동료로 만들어 함께 나아갈 수는있다. 그러니 오늘은 단잠에 빠지길 바란다.

~~~~~~~

용기 있는
삶을 살기를

취업한 후 친구들을 자주 못 만나고 유선상으로 연락을 하는 일이 종종 생겼다. 같은 하루를 보내며, 다를 것 없이 대학 시절 학생회에서 같이 일을 했던 친구와 메신저로 대화를 하고 있었다.

친구의 질문에 내가 먼저 이야기를 꺼냈다. 대화 내용은 이렇다. 친구가 먼저 일자리에 관해 물어봤고 난 그것에 대답하는 이야기로 흐르고 있었다.

나 _ "너무 힘들고 죽겠어, 마음대로 따라주는 것이 없다, 없어."
친구 _ "그래도 넌 하고 싶은 일 하면서 사는 거잖아. 솔직히 나는 아무엇도 하기 싫어졌다."

친구의 한마디에 전혀 답장할 수 없었다. 친구는 마치 갖고 있던 미세한 용기와 담대함을 모두 잃고 살아가는 사람처럼 축 처진 대답만을 지루하게 늘어놓았다.

너무 슬픈 말이다. 언제부터 모두가 하고 싶은 일을 하면서 살고, 하고 싶지 않은 일을 하면서 사는 잣대를 내린 걸까?

싫증이 나지만 원래 방송을 하려고 했던 난 고등학교를 토대로 대학을 방송영상 및 영화를 제작하는 대학에 와서 4년의 과정을 밟고 그 양분을 그대로 이어가 지금의 직업을 갖게 되었다. 그래서 다들 말하길 나는 내가 하고 싶은 일을 하는 사람 쪽에 속한다고 했다.

하지만 다들 그렇게 판단하나 사실은 거짓말일지도 모른다. 이 방송 일도 긴 기한을 두고 일을 하고 있지는 않다. 가끔 방송 일을 하면서 그런 생각을 한다. 현실과 꿈은 너무도 다르다는 것을.

나는 이 일을 하고 싶어 하지만 가끔은 이해할 수 없는 무수한 사람들과 현상들, 모든 감정을 다 받아야 하는 저장소 역할로 인해 자주 딜레마에 빠지곤 한다.

감당해야 하는 것이 너무 많아 힘든 순간의 나날들이다. 그래서 얼른 다른 것을 하려고 하지만 무기력해진다. 나도 친구처럼 항상 생각한다. 아무것도 하기 싫다고, 도전하는 것이 두렵지만 그래도 하고 싶었던 일이었기 때문에 그 문장 하나로 겨우겨우 버티면서 산다.

아무도 버티라고 강조도 하지 않았고 시키지도 않았지만 나도, 그리고 모두가 그냥 그저 그런 평범한 일을 하고 인생을 보낸다고 생각한다.

아무것도 하기 싫어졌다는 친구의 말은 너무도 공감된다. 요즘 세상은 쓸데없는 정의감을 앞세워 꼭 무엇을 해야 하고, 찾아야 하며 마치 차례대로, 순서대로 살아야 하는 순리 프레임에 속해 있다. 그 순리 프레임을 딱 한 번만 잊고 하늘을 보면서 이런 생각을 했으면 좋겠다.

'뭐 어떤가, 하고 싶은 일을 하지 않아도 하고 싶은 일을 해도 우리는 우리다.' 가끔은 아무것도 하지 않아도 살아갈 수 있다.

용기 있고, 무기력한 삶 이외의 시간과 삶을 살아가길 바란다.

친구야, 그리고 모두가.

다름과
우월의 차이
그 중간에서

지금 내가 살아가는 이 사회는 정말 사회다. 초등학교, 중학교, 고등학교를 지나 정말 늦에 뛰어든 이 시점에서 치열하고 강렬하게 살아야 한다고 생각한다. 몇 개월 안 되는 사회 초년생인 내가 하는 말이 전부 다 정답은 아니고, 누군가는 이 문장의 글들이 우습게 느껴질 수도 있다. 하지만 몇 개월간에 느낀 감정을 적어보려고 한다.

누군가 팀에서 잘하고 그것을 다른 팀원이 부러워해 따라오지 못하고 티를 내는 것은 소심한 열등감의 차이라고 생각한다. 그럼 그 열등감은 누가 만든 것인가? 이 사소한 열등감이 본인과 소속된 모두를 힘들게 만들어버린다.

팀원 한 명이 잘하는 것은 칭찬과 격려로 그 사람에 대한 표현을 해주는 것이 마땅하다. 그럼 그것을 받는 본인은 더욱 그것에 안주해 있지 않고 소속된 모든 것을 위해 최선을 다하고 배려와 예의를 갖춰 일해야 한다. 사람 때문에 스트레스를 받고 힘들어하는 것도 전부 이해한다. 나는 절대 누구보다 뛰어나 잣대를 내리고, 자격을 운운하며 말을 하려는 의도는 아니다.

모든 입장을 전부 이해하지만 바라보는 시선의 차이를 다르게 갖자는 말이다. 상대방과 내가 다름의 차이를 인정하고 배우고 더 따라가려고 노력을 하는 것은 아주 건강한 것이다. 하지만 다름을 보며 그것이 그냥 우월로 본다면 한없이 작아지는 자신을 보호하기 위해 현 시간을 회피하거나 도망간다.

아니면 불만과 불평을 마치 자신의 편인 듯 만들어 처한 상황을 남들에게 한없이 자기 입장만을 강조하며 그것이 당연하다는 것을 합리화시킨다. 아주 좋지 않은 것을 하는 것이다.

사실 사회는 굉장히 차갑고 따갑다. 누군가 열심히 한다고 해서 인정을 쉽게 받는 것도 아니고 열심히 하지 않는 사람도 인정을 받을 수 있는 그런 세상이다. 이런 곳에서 살아남으려면 다름을 인정하는 태도를 기르고 받아들이며 그것을 배우고 성장하는 것이 가장 좋은 방법이다.

상대방과 차이라는 단어를 두고 평가하는 것이 아니라 그냥 다른 것이다. 다르므로 한쪽과 나머지 한쪽이 반비례같이 발생한 일이지 잘함과 못함, 마치 우월로 잣대를 가르는 일들처럼 그런 차이는 아니다. 그러니까 누구든 상처받지 말고 이런 사회를 겪고 더 성장했으면 좋겠다.

진짜 이것을 즐겨 자기 인생대로 사는 사람이 승자다. 이런 상황과 자리를 박차고 나가 회피한다고 해도 절대 실패했다거나 졌다고 할 수 없다. 내가 말하고 싶은 것은 인정이라는 단어이다. 정말 자신이 무엇에 관련해 느끼는 것이 있어도 남을 인정하고 겸허한 자세가 동반된다면 아마 더 큰 사람이 될 수 있을 것이다.

모든 문장은 어디까지나 나의 개인적인 견해일 뿐이다. 모든 것엔 정답이 없다. 특히 이 사회가 그렇다. 자신이 느끼고 행한 대로 흘러가는 사회 속에서 모두가 인정받고 존경받는 날이 오길 바란다.

PART

2

기록하는 습관

뜨거운
나날들의 연속

    손가락 끝에 전해오는 간지러움과 심장이 뛰기 전 미세한 흔들림이 좋다. 그리고 뜨거운 나날들의 연속은 영광이다. 예전에 가슴이 뜨거웠던 기억과 시간을 생각하면 손끝에 미세한 긴장감과 묵직한 느낌이 감돈다. 심장에서 오는 짜릿한 떨림이 어느덧 나를 반기듯 신호를 통해 무엇이든 뛰게 만든다.

    문득 자주 드는 생각이 있다. 뜨겁게 살았던 날들을 기억하면 온몸이 떨리듯 기쁜데, 요즘은 그런 뜨겁게 사는 날보단 그저 시간이 흐르니까 그것에 맞게 물 흐르듯 사는 것.

"생각해보면 우리도 가슴이 뜨거운 순간들이 각자 가슴속에 하나씩은 있지 않았던가?" 나는 날마다 상상한다. 그때 그 뜨거웠던 순간들을, 단지 몸이 힘들고 피곤해도 무엇인가 나를 움직이는 그 원동력과 마음이 시키는 대로 했던 용감한 순간들까지, 하기 싫어도 누군가를 위해서가 아니라 단지 나를 위해서 웃고 울었던 그 찬란함이 아직도 날 뜨겁게 만든다.

대학 4년의 시절 동안 1등으로 졸업하겠다는 포부, 학생회를 통해 바뀌지 않았던 학교와 학과 모든 것을 한번 바꿔보겠다는 열정과 패기를 가진 시간들이 있었다. 제일 멋있는 선배로, 일 잘하는 학생으로, 공부는 항상 1등인 사람으로 기억되기 위해 뜨겁게 시간을 보냈다. 학과 체육부장으로서 모든 학과가 보는 앞에서 전체 우승 깃발과 축구 우승 깃발을 흔들었다. 대부분의 종목 트로피를 가져왔고 각 학과 체육부장의 부러움을 한 몸에 받았다.

학교 대의원총회 의장으로서 학생들을 위해 학교와 재학생 사이에 다리 역할로 교류를 많이 했고 내가 해줄 수 있는 모든 것을 투자해 정말 열심히 학교 임원으로 활동했다. 그때 졸업을 담당하는 친구와 1년을 같이 살다시피 일을 했는데 지금에서야 이야기하지만, 그땐 정말 힘들었다고 터놓고 웃으며 이야기한다. 안 뛰어다닌 적이 거의 없다. 학우들을 위해 그리고 팀원들을 위해 온갖 질타를 대신 받은 적도 많았고, 내 시간의 할당량을 모두 학교에 투자해 바꿔야 하는 시스템을 좋은 개선안으로 만들고자 정말 많이 노력했다.

그때가 정말 힘들었다고 툭 내뱉을 수 있지만, 그 시절이 정말 뜨거웠던 시절이라고 말할 수 있다. 그래도 그런 뜨거웠던 시절들이 있어 지금 다시 뜨거워질 수 있을 것 같은 동기부여가 가끔 된다.

요즘은 일에 치여 사느라 하루에도 열 군데 이상의 업체 대표님들과 말씨름을 한다. 매번 일을 보고하고 나면 시간이 없어 고개를 저으며 진 빠진 사람처럼 허둥지둥한다. 오늘 무조건 끝내야 하는 할당량을 채워야만 속이 편한 스타일인가 보다. 아마 사서 고생하는 사람을 말한다면 나랄까? 가끔 한숨이 나올 때는 대학 시절의 즐거웠던 시간을 생각한다. 그럼 갑자기 돌아가고 싶은 마음도 있고 그때의 기억에 빠져서 일에 집중을 못 할 때가 있다. 도대체 무엇이 그토록 그리웠던가?

일하고 있던 도중 저녁이었을까, 혼자 앉아 가만히 생각에 빠진 적이 있었다. 한숨도 나오고, 기운이 없다는 것은 누가 봐도 내 표정이 그걸 나타내고 있었다. 그런데 깨닫고 보면 지금 내가 지치고 힘든 것은 그냥 스스로가 느끼는 감정일 뿐이라는 생각이 들었다. 어쩌면 우리 인생은 뜨겁고 화려함의 연속이다. 그것을 모르고 살아가기 때문에 힘들고 지친 마음을 달래줄 곳이 없어 헤어 나오지 못한 것일 수 있다.

우리는 가끔 과거를 사랑한다. 그리고 돌아가고 싶어 한다. 우리에겐 그런 과거가 있었기에 화창하고, 생각나는 과거인 만큼 우리들의 지금 자체도 빛이 날 수 있는 것일지도 모른다.

난 그래서 앞으로도 손가락 끝에 전해오는 간지러움과 심장이 뛰기 전 미세한 흔들림을 사랑하고 간직할 것이다. 지금 글을 적고 있는 이 순간도 시간이 지나 생각해보면, 떨림이 오길 바란다.

과거가 있어 우리가 사는 인생이 뜨거울지도 모른다.

열정과 뜨거움이
만나는 시점에서

시작한다는 마음을 좋아한다. 처음 시작한다는 것을 초심이라고 했던가? 그래서 난 항상 초심을 좋아한다. 어릴 때부터 도전 정신과 잔재주가 뛰어났다. 자랑은 절대 아니다. 하지만 나에게 있는 이런 재능들, 부모님이 물려주신 이것들을 사랑한다. 내 주변 친구들에게서 얻는 것들도 참 많았다. 그래서 내가 할 수 있는 모든 것을 하려고 한다.

초, 중, 고, 대학교에서 여러 가지 임원을 했다. 학생회부터 회장과 반장 등 참 지금 생각하면 많이 했다는 생각이 든다. 많은 사람을 만나고 경험을 하며 잔재주를 더욱 키워나갔다. 그리고 하나하나 완성되어 가는 느낌을 받았다.

항상 다양한 일들에서 활동을 시작하기 전 그 열정과 사람들의 마음가짐과 정신이 좋다. 무엇이든 해낼 수 있을 것 같은 마음이 든다. 눈동자는 물결보다 빛이 나고 손을 활짝 펴면 공기라도 잡을 수 있을 것 같다.

힘이 넘쳐 아주 무거운 물건도 들 수 있을 것 같고, 아무리 힘든 상황과 역경 속이라도 헤쳐 나갈 수 있는 눈빛과 정신들이 떠오른다. 그래서 난 무엇인가를 시작하기 전 이 열정을 사랑한다.

우리는 모두 똑같다. 뭐든 할 수 있다는 마음을 가져라, 시작할 때 가진 두려움과 곧 늪에 빠질 것 같다는 생각을 버려라, 강하게 태어났고 영광스러운 삶을 살고 있다. 그러니 우리가 하는 모든 것들을 할 수 있다. 물론 실패할 수도 있고 좌절할 수도 있다. 하지만 그것만 기억해라, 시작할 때 그 당당하고 뭐든 할 수 있을 것 같은 마음을 떠올려라. 나도 수많은 시행착오와 실패를 겪고 있다. 아직도 그렇다.

이 글이 세상 밖에 잘 나올지도 의문이 들고 두렵다. 내가 지금 잘 쓰고 있는 건지, 이 글을 누군가 읽을지도 잘 모르겠다. 하지만 누구나 이런 생각을 하고 산다. 나도 마찬가지지만 처음을 생각하는 습관을 들여야 한다.

우리는 무엇이든 할 수 있다는 그 마음을 갖고 시작하자. 이런 말이 있다, '시작이 반이다.' 사실 반인지는 모르겠으나 시작을 할 수 있음에 일이 시작된다. 무엇을 해야 한다는 생각만 하고는 어느 것도 할 수 없다.

시작하자, 그리고 그 열정과 뜨거움이 만나는 시점에서 모두가 힘을 내자. 우리는 할 수 있다.

편안하게
눈을 감고

살랑한 바람이 좋다. 편안하게 눈을 감고 그 살랑한 바람을 느끼자. 부드러운 바람이 우리의 살결을 타고 돌아서 다시 제자리로 오게 할 것이다. 조금 급한 마음을 놓아두고 바람을 느끼자.

얼마 전 세트장에 창 실측 크기를 재고, 미술감독님과 협의할 부분이 있어서 차를 타고 세트장에 갔다 돌아오는 길이었다. 창문을 내리고 먼발치에 있는 초록이 뒤덮인 바닥들과 나무들을 보며 바람을 맞았다.

살랑한 바람이 내 얼굴을 감싸듯 어루만졌다. 무언가 차분한 기분이 들었다. 날마다 바쁘고 정신없이 다녀 이런 기분을 느끼는 것이 오랜만이었다. 파주라는 시골에서 태어나 자랐고 대학교도 시골로 갔다. 결국, 시골을 못 벗어난다는 그런 느낌이랄까?

날마다 편안한 시골 바람을 맞으며 살았는데 가끔 그 기분을 잊고 산다. 도대체 언제부터였는가? 파란색을 칠한 하늘과 마시멜로가 둥둥 떠다니는 하늘을 가만히 바라보고자 하니 여유를 갖고 살아도 된다고 느껴진다.

그냥 조금 더 내려놓고 살자, 우리가 힘들고 바쁜 건 좋은 것이라지만 바람을 느끼고 주변의 기운을 받을 수 있는 시간을 느끼자. 편안하게 눈을 감아보아라. 훨씬 좋아질 것이다. 여유를 갖고 조금 둘러보며 살자. 둘러보면 길가에 지나가는 사람들은 각기 다른 표정을 갖고 살아간다. 허리가 굽으신 노인분들과 싱그러운 웃음을 가진 어린아이들 그리고 수많은 차와 풍경들.

얼마나 아름답고 보기 좋던가, 사무실에서 일만 하다 보면 그것들에 관한 생각을 하나도 하지 않은 채 출근길에 버스에선 이어폰을 끼고 잠깐 잠을 청한다. 퇴근길에 최대한 빨리 집에 가 저녁을 먹고 운동을 하러 간다. 같은 일상을 반복하기엔 우리가 너무 아깝고 기계 같다는 생각을 자주 한다.

고개를 들고 숨을 쉬자, 향기를 코가 아닌 피부로 느끼고 여유의 한숨을 내뱉자. 그것이 전부다. 모두가 바람을 살결로 느끼고 부드러운 피부로 가져보자.

돈을 주고 사지 못할 기분을 마음껏 가져라.

뭐랄까,
그냥 솜씨가
없는 걸까

가끔 글을 쓰다 보면 내가 쓴 글이 마음에 안 들 때가 있다. 다 쓰고 노트북을 닫으면 맘에 들지 않는 그 글들이 계속 생각난다. 난 방송을 하는 직업이 있지만 마치 글 쓰는 직업을 따로 가진 사람처럼 엄청나게 신경 쓰고 귀를 기울인다.

누워서 한 번 더 내가 쓴 글을 생각하고 또 생각한다. "지금 이런 단어와 문장을 쓰면 다음 단락과 장에서는 쓸 말이 없어지는 건가?" "여기서 글을 더 보충하지 않으면 뭐랄까, 재미가 없다고 해야 하나?"

수만 가지 생각을 하고 잠이 오지 않는 새벽을 멀뚱히 기다린다. "왜 도대체?" 오히려 글을 쓰고 불편함이 치솟는 더부룩함이 나를 괴롭힌다. 하지만 생각해보면 내 글이 세상에 나올 수 있도록 아직 첫 발자국을 내딛기 위한 과정이고 연습이다.

나만 그런 것이 아닐 것이다. 모두가 무엇을 시작하고 마음먹을 때 자신을 믿지 못하고 마치 솜씨가 부족해 무언가에 도달하지 않을 것 같은 느낌을 자주 받는다. 그래서 도중에 포기하는 사람도 있지만, 애초부터 시작하지 않는 사람도 있다.

참 웃긴 것 같다. 누가 나를 판단한 적도 없고 내 글에 대해 평가를 한 적도 없지만 괜스레 마음이 찔리는지, 아니면 지금 하는 직업이 있긴 한데 그것에 집중을 못 해서 그런지 불편한 감정들이 몽글몽글하게 올라오는 이유도 잘 모르겠다.

하루빨리 이런 부담감에서 벗어났으면 좋겠다. 나도 그렇지만 누구나 다 해당한다. 모두가 시작할 때부터 겁을 먹지 않았으면 좋겠고 본인이 솜씨가 없다고 자책하는 일이 없었으면 좋겠다. 솜씨라는 것은 대부분 월등하거나 월등하지 못한 것을 판단하는 것인데 도대체 이런 건 어디서 나온 건지 모르겠다.

그래서 이제는 솔직하게 이런 불안감을 떨쳐버리고 솔직한 감정을 책에 담을까 한다. 그러니 재미없고 똑같은 패턴의 글이 계속되더라도 잘 읽어주길 바란다. 원고를 내기도 전 이렇게 용기를 갖는 것도 참 허무하고 웃긴 일 같지만 내겐 지금 이런 용기도 가끔은 필요한 것 같다.

이 페이지는 그냥 뭐랄까, 딱히 큰 에피소드, 감정도 나타나지는 않지만, 그냥 쉬어가는 페이지라고 생각해주면 될 것 같다.

그냥 조금
먹먹한 이야기

내겐 애지중지 날 키워준 우리 부모님과 금이야 옥이야 손주를 키워준 할머니와 할아버지가 있다. 현재 할아버지는 이 세상에 없다. 뭐가 급한지 누구보다 먼저 하늘에 올라가 별이 됐다.

할아버지가 돌아가시고 난 후 쓸쓸해 보이는 할머니를 위해 매주 일이 없는 경우 가서 밥을 먹고 할머니가 싸준 삶은 달걀과 깻잎무침, 고기 등을 갖고 다시 내 자취방으로 가는 버스에 몸을 기울인다.

오늘도 할머니를 보기 위해 전화를 했고 머리를 하고 있다는 부름에 버스를 타고 가서 머리 하는 미용실에서 할머니를 기다려 함께 나왔다. 할머니는 맞벌이하는 우리 부모님을 대신해 나를 어릴 적부터 키웠다. 그래서 난 할머니를 항상 잘 따랐다. 어릴 적부터 마트에 가서 과자를 사준 기억이 새록새록 떠오른다. 그래서 할머니네만 가면 나이가 들어도 마트에 가서 과자를 얻어먹는다.

오늘도 할머니가 과자를 사줬고 기분 좋은 마음으로 할머니네 집으로 갔다. 가서 할머니와 밥을 먹으며 이런저런 이야기를 했다. 아주 사소한 내 직장 이야기부터 손님들의 생김새 그리고 요즘 급격하게 다시 떠오른 코로나19 이야기를 하며 도란도란 걱정을 나누었다.

밥을 다 먹고 사줬던 과자 두 봉을 꺼내 할머니와 더욱 깊은 이야기를 피웠다. 돌아가신 할아버지 이야기를 시작으로 고모할머니, 왕할아버지 등 친척과 사돈의 할머니, 할아버지라는 단어들을 샅샅이 밝혔다. 들으며 든 생각은 정말 가족이란 단어는 끈질긴 인연이고 실처럼 얽혀 있는 것임을 느꼈다.

이야기가 무르익던 중 할머니가 얼굴을 붉히며 말을 꺼냈다. "정말 힘들었어, 옛날은 너무 힘들고 가난해서 며칠을 굶고 지낸 적이 많아." 할머니의 말은 내 머릿속에 스쳐 안착했고 몇 분간 떠나지 않았다.

맞다. 정말 옛날은 가난했다. 근데 할머니에게 공감해줄 마음과 위로해줄 말이 없어서 슬펐다. 손마디가 떨렸고 귀가 흔들렸다. 눈물을 머금고 꾹 참았다.

서로가 이야기하며 금방이라도 울 것 같은 눈은 마치 넘칠 듯한 강처럼 흔들거렸다. 바로 다음 말을 이어갔다. "내가 너희 엄마 낳고 너무 가난하고 힘들었어, 옛날이라 너희 할아버지도 나도, 다른 집 가서 식모살이하고 그랬어, 어느 날은 할아버지가 다 같이 죽을까라고 해서 내가 귀한 딸이랑 결혼했으면 호강시켜 줘야지 그런 생각을 하냐고 했어."

처음 듣는 이야기에 놀랐다. "얼마나 힘들었으면 그런 소리를 했을까?"라는 생각에 할 말을 잃었다. 평생을 힘들게 살아왔을 생각에 내가 미안한 마음이 들었다. 인생의 절반을 넘게 자식들과 손주들을 위해 살아온 그녀는 여러 가지 일을 하고 오랜 시간 식당을 하며 살아왔다.

 이야기가 다 끝나고 가방을 메고 버스를 타러 나갔다. 할머니는 마중을 잠깐 나왔다. 내게 잘 가라며 손을 흔드는 모습에서 많은 슬픔이 느껴졌다. 단순히 할머니에게 잘해야겠다는 마음이 아니라 이젠 내 삶의 일부가 된 그녀와 추억이라는 단어를 더 만들어야겠다고 다짐한 오늘이었다.

 나는 할머니와 통화할 때는 애인이고, 만나면 철없는 어린 손주이고, 삶에선 별이고, 전부이다. 남은 인생이라도 편하게 사시라는 말은 너무 형식적이라서 솔직하게 못 하겠다. 하지만 이것만은 약속하고 싶다. 꼭 크게 성공해서 그녀와 함께 분위기 좋은 곳에 가보고, 맛있는 것을 먹으면서 시간을 보내고 싶다.

 할머니가 느끼고 겪은 삶을 존경한다. 내게 할머니가 있어 줘서 너무 행복했고 사람으로 살아가는 법을 보면서 배웠다. 내 할머니라서 정말 고맙고 앞으로도 아프지 말고 평생을 내 곁에 있길 기도한다.

 그냥 오늘은 먹먹한 하루다.

PART

3

같이

기름 냄새

이젠 내 코와 머리에서 기름 냄새가 기억나지 않는다.

아버지와 어머니는 망치질과 모터를 만지고 손톱과 손가락 사이사이에 기름이 가득한 그런 일을 한다. 그래서 가게 이름도 신명 수중 모터, 아버지는 사장, 어머니는 부사장, 직원은 없다. 그래서 우리 아버지는 사장님이고 우리 어머니는 부사장님이다. 가끔 직원이 없어 아빠가 사장인 것에 웃으며 이야기할 때가 종종 있다.

어릴 땐 작은 방에 아버지, 어머니 그리고 큰누나, 작은누나, 철부지 같던 나 총 다섯 식구가 살았다. 난 어릴 적이라 기억은 나지 않지만 작았다고 한다. 그리고 집은 가난했다고 한다. 하지만 아버지의 기술과 어머니의 뒷받침 덕분에 부모님 두 분이 우리 가족을 일으켜 세웠다.

우리 아버지와 어머니는 새벽 6시에 나가 저녁 6시에서 7시에 들어오는 일정을 몇십 년 넘게 하고 있다. 마치 지금 생각하면 존경을 떠나서 "로봇일까?"라는 생각도 했다. 아무튼, 그런 작은 방에서 이사하고, 이사를 하고, 이사를 해 지금은 큰 전원주택에 살고 있다. 모두 아버지와 어머니가 일으켜 세운 기적이었다. 그 기적으로 우리 삼 남매는 먹고 자고 학교에 다니며 몸과 정신이 건강하게 잘 컸다.

어릴 적 항상 아버지와 어머니가 일 끝나고 돌아오는 대문 앞에 기다렸다가 문이 열리면 품에 안겼다. 품에 안길 때 그 아늑한 품 안 옷에서는 항상 기름 냄새가 났다. 그 기름 냄새는 "꿉꿉하고 살랑살랑하다고 해야 하나?" 그냥 기름 냄새가 아녔다. 향수와 비누 냄새보다 좋았다.

그런데 시간이 흘러 지금은 기름 냄새가 기억이 나지 않는다. 어떤 냄새인지 떠오르지 않는다. 그 순간 느꼈다. 아버지와 어머니가 내 마음속에서 점점 소홀해지고 있다는 것을 말이다. 이 글을 쓰는 지금도 냄새가 잘 기억이 안 난다. 지금이야 담담하게 글을 쓰지만 내겐 정말 슬프고 마음 아픈 일이다.

이젠 기름 냄새를 잊으려고 한다. 다시 찾기보단 기름 냄새를 잊고 아버지, 어머니의 향기를 그대로 느끼려고 한다.

단 한 번도 아버지의 망치질과 어머니의 기름칠을 하는 일들이 부끄러웠던 적이 없다. 오히려 모터 가게 일을 하시면서 강단 있게 살아온 삶을 보고 배워 아버지와 어머니처럼 살려고 한다. 직업에는 귀천이 없다는 것을 알려주며 사소한 일과 성격, 인간미 등 삶의 모든 것을 알려준 부모님이 자랑스럽다.

항상 부모님 두 분을 동경하며 살 것이고, 두 분이 우릴 키워온 마음과 결심을 그대로 본받아 사회를 헤쳐 나갈 생각이다. 너무 뻔한 말이지만 다시 태어날 기회가 있다면 내 아버지와 어머니의 아들로 태어나 큰 행복과 기쁨을 안겨주고 싶다.

글을 쓰는 지금 문득 기름 냄새가 가득한 어린 시절 기억의 조각들이 조금씩 다시 맞춰지는 기분이다. 우리도 살면서 무엇인가에 영향을 받고, 기억을 심는다. 그것들을 모두 잊고 사는 것은 아닌지 되새겨 봤으면 좋겠다. 그 존재가 무엇이든 있는 그 자체로 사랑하고, 아끼자.

분명 더 좋은 것들을 느끼고, 또 다가올 것이다.

~~~~~~~~~~

괜찮아,
그래도 우리는
나아가고 있잖아

　　20대가 가장 많이 하는 걱정과 문제 1순위가 취업이라고 포털사이트에서 통계를 냈다. 하긴 사실 지금은 엎친 데 덮친 격으로 코로나19 때문에 취업이 더 어려운 논제에 빠져 모두가 헤어 나오질 못하고 있다.

　　나도 지금의 회사에 다니기 전 심각한 취업 늪에 빠진 취준생 1인이었다. 2019년 10월부터 준비한 MBC 예능PD 공채 1차에 붙고 야망 가득한 눈으로 대구로 시험을 치러 갔다. 2차 논술과 시사교양에서 처참히 떨어졌다. 사실 떨어질 만했다. 시험장에 들어갔을 때는 대학교 4년을 마치기도 전인 졸업 예정자가 느끼기에는 두렵고 딱한 공기였다.

시험을 치러 온 사람들은 배정받은 수험표 자리 위에 5권 이상의 두꺼운 책과 노트북 그리고 자신이 쓴 논술 종이들이 수없이 펼쳐져 있었다. 난 시험을 보고 나와 후회하지 않았다. 내겐 자격이 없었다. 나보다는 100배를 넘어선 노력을 하는 사람이 와야 하는 자리인 것을 느꼈던 뼈아픈 경험이다. 이후 11월부터 광고 회사 및 계약직 방송국 등에 여러 가지 서류를 넣었으나 한 군데도 연락이 오지 않았다.

"나만 조급했던 것인가?" 다른 친구들은 졸업식까지 휴식기를 가진다고 했지만, 그것이 싫었던 나는 계속해서 지원했고 결국 80개가 넘는 기업에 도전했다. 돌고 돌아 붙은 곳은 결국 방송을 하는 일이었고 붙었다는 기분에 너무 좋았다.

뭐든 할 수 있을 것 같은 마음을 갖고 시작했지만 적응하기 힘든 사회와 부당한 대우, 절대 존중이라곤 없는 냉랭한 태도, 남보다 자기만을 생각했던 사람들 때문에 좌절하고 또 좌절했다. 그날 2020년 2월 24일의 겨울바람은 내게 너무 찼다.

나는 지방에 있는 대학교를 나와 성적은 아주 좋은 편에 속했다. 여러 가지 교내, 교외 활동 그리고 임원 등 자소서와 요건은 충분했지만 결국 발목을 잡은 건 지방에 있는 대학이었다. 아직 사회는 잠재된 능력보단 학교를 조금 더 본다는 말에 어느 정도 수긍을 했다. 다 떨어지고 한번은 자소서를 쓰던 카페에서 눈물이 너무 났다. 그냥 억울했다. 이 사회에 화가 났고 당장 뛰쳐나가고 싶었지만 그럴 수 없었다.

지금, 이 순간에도 몇백, 몇천 등 여러 취업을 준비하는 취준생들이 가득하다. 그들에게 사실 힘내라는 말, 할 수 있다는 말은 도움이 되지 않는다. 그래도 포기하지 말라고 말하고 싶다.

사실 사회는 생각보다 흔히 쓰는 단어인 잔소리꾼 어른이 많다. 현실이다. 그만큼 꼰대 속에서 겪고 버텨내라는 소리가 아니다. 힘들지만, 포기하고 죽고 싶은 순간이 가득하지만, 그 쓰라린 시간이 지나면 당신은 그 사람들보다 훨씬 대단한 사람이 될 것이다.

PS

여러분 저도 지금 일을 다니고, 글을 쓰고 있습니다. 하루에 몇십 번이고 내가 하고 싶은 일을 하러 떠나는 상상, 저 먼 포르투갈에 가서 순례길을 걷는 생각을 합니다.

뛰어나게 잘하는 것도 없는 저도 이렇게 살고 있습니다. 여러분 모두는 충분히 잘하고 있습니다. 그러니까 모든 일이 잘 될 것입니다. 절대 여러분 잘못이 아닙니다. 이 시기를 자책하지 마세요.

가끔 일어나지도 않은 일을 걱정하며 머리 아파하고 가슴이 미어질 듯 근심에 사는 사람들도 다수입니다. 그런데 사실 일어나지도 않은 일을 생각하고 그것과 관련해 이야기한다는 것은 가지도 않은 길을 찾으려고 하는 것과도 같습니다.

그냥 우리 멋지게 삽시다. 뭐를 하든 자기 인생이니까 괜찮습니다. 차근차근 나아가는 것처럼 취업을 준비하고, 무엇을 시작하고자 하는 분들 모두 그리고 새로운 일을 계획하고 있는 모든 분들, 파도처럼 멋지게 흘러가는 당신들의 인생을 즐기세요.

사람 냄새가
나는 곳

　그냥 지금의 우리가 사는 이 세상도 바쁘고 같은 일상을 반복한다. 사실 각박하지만 그래도 사람 냄새가 나는 곳이다. 한때 엄마가 아팠던 적이 있었다. 때는 19년도 여름이었다. 학교가 멀다는 이유로 자주 본가에 가지 못했다. 딸 둘에 아들이라곤 하나밖에 없는 집안이라 아들에게 관심이 많았다. 그 하나인 아들놈은 학교가 멀고 바쁘다는 이유로 많은 것을 회피했다. 그 회피가 지금은 땅을 치고 후회되듯 놓친 것들이 너무나 많다.

　덥디더운 19년도 여름 큰누나에게 전화가 왔다.
　"중인아, 엄마가 좀 아픈데 암이래, 갑상선 암. 근데 수술할 것 같아서 알려주는 거야. 심각한 건 아니야."

전화를 받고 눈물이 흐르거나 슬프진 않았다. 뭐랄까, 그냥 가슴이 먹먹하고 뜨거워졌다. 그날 이후 내가 하던 임원 활동을 잠시 잠정적으로 넘기고 집으로 갔다. 집에 가서 엄마를 원망했다. 왜 말하지 않은 것인가, 머리 아플 정도로 생각했다. 하지만 엄마는 심각하지도 않은 것을 문제 삼고 싶지 않았다고 했다.

입원하고 수술 날짜가 다가왔지만, 엄마는 씩씩했다. 예전에 운동을 배워서 그런가, 무서울 것 없이 말과 행동 그리고 표정에서 편안함이 느껴졌다. 수술하기 전날 밤까지 병원에서 엄마는 씩씩했다. 아빠와 누나들 그리고 나에게 얼른 집으로 가라고 손사래를 쳤다.

집에 돌아와 잠들기 전 아빠의 핸드폰이 울렸고 목소리는 엄마였다. 수화기 너머로 흐느끼는 소리와 함께 눈물이 요동을 치듯 나타났다. 아빠는 엄마에게 울지 말라며 내일 수술하기 전 아침 일찍 가겠다고 약속했고 그렇게 밤이 깊었다. 엄마는 내게 굉장히 거대한 산이었다. 무너질 것이 없는 산인 줄 알았는데 그날 알았다. 우리 엄마도 그냥 사람이었다는 것을.

그날 아침 우리 가족과 할아버지, 할머니와 여러 사람이 왔다. 수술방에 가기 전 엄마는 할아버지, 할머니를 보면서 말했다. "아빠, 나 너무 무서운데." 그 한마디에 모두가 울었다. 할아버지와 할머니는 울면서 "딸인 네게 아프게 해서 미안해. 그러니 수술을 잘 받고 와"라는 말과 함께 엄마를 수술방으로 보냈다.

그날을 회상하면 아직도 눈물이 맺힌다. 엄마는 아주 오랜 시간 수술을 했다. 수술은 아주 잘됐고 흉터만 남았을 뿐 건강도 쉽게 회복할 것이라고 했다. 그날 이후 엄마가 좋아하는 스콘도 사 갔고 퇴원을 할 때도 가서 같이 밥을 먹으며 시간을 보냈다.

갑상선은 우리가 흔히 아는 착한 암이다. 그래서 사실 수술이 잘된 것도 있다. 수술 후 알게 된 사실이 하나 있다. 엄마는 우리에게 일부러 암에 대한 소식을 알리지 않았다. 본인이 암에 걸렸다는 사실과 아프다는 사실을 부정하고 싶었기 때문에, 어쩌면 믿고 싶지 않았기 때문에 알리지 않았다고 한다.

엄마의 목에 남은 큰 칼자국 흉터는 내 가슴속에 흉터가 남 듯 아프다. 보면 볼수록 속상하고 손발이 저리다. 흉터를 나의 신체 일부와 바꿀 수 있다면 바꾸고 싶다.

강한 줄로만 알았던 우리 시절의 어머니도 결국은 똑같음을 느꼈다. 이 시대의 어머니들은 대단하다. 그리고 강하다. 하지만 자식들을 위해 강한 모습을 갖고 살아가는 것뿐이지 속은 더 여리고 한없이 약하다. 단지 우리를 지키기 위해 그리고 보호라는 것을 알려주기 위해 솜뭉치 같은 몸이 쇳덩이 같은 철로 바뀌는 것이다.

우리가 지금 살아가는 세상도 사람 사는 냄새가 난다. 자식을 위해, 누구를 위해, 위해, 위해 항상 부모들은 '위해'라는 단어 때문에 희생정신이 투철하다. 하지만 그 투철함을 갖고 다니는 로봇같이 단단하고 크디큰 부모님들도 사람이다. 사람 냄새가 나는 사람이다. 이 시대의 모든 부모는 남을 '위해'가 아닌 자기 자신을 '위해' 살아주길 바란다.

모두 그런 사람들과 함께 살아가는 만큼 더 즐겁게 지내고 보통의 계절들을 보냈으면 좋겠다.

"엄마, 이제는 절대 아프지 말고 내 옆에 평생 있어 줘. 모든 시절을 돌고 돌아 우리 엄마로 와줘서 고마워."

태도와
신념에 대하여

얼마 살지 않은 인생이지만 그간 느끼고 겪으며 시간을 보낸 결과 내겐 꼭 지켜야 하는 철칙 같은 것이 하나가 생겼다. 그것은 바로 내가 상대방을 대하는 태도와 그 태도에 대한 신념이다. "사실 너무 어렵게 말했나?" 그냥 쉽게 예의라고 하자. 그 예의 따위가 뭐라고 정말 중요한 걸까, 하지만 그 단어 하나로 상대방의 기분을 좌우하기도 한다.

이 글을 읽고 있는 사람들은 문득 그런 생각을 할 것이다. "내 인생 내가 살지 남이 살아주나?" 그렇다, 맞다. 절대 틀린 말이 하나도 없다. 나도 그런 심리를 갖고 살아간다. 하지만 내가 말하는 상대방에 대한 예의와 태도는 조금 다르다. 나에게 불친절하며 무례하게 대하는 사람을 생각해보자. 굳이 그런 사람들에게는 선행과 따뜻한 눈길을 줄 필요가 없다.

이런 일을 자주 겪는다. 버스를 타도, 편의점에 가도, 음식점에 가도 항상 인사를 하고 감사하다는 표현을 한다. 강제성을 띤 것도 아니고, 착하게 살아가는 마치 가면을 쓴 코스프레도 아니다. '그냥'이다. 몸에 밴 습관으로 인해 그렇게 인사를한다. 하지만 툭툭 그릇을 던지고 무심하듯 말을 쏘아붙이는 분들을 자주 만난다. 그럼 사실 그날 하루의 기분을 모두 망쳐버린다. 나는 그래서 나 자신이 불쾌한 것을 알기에 모두에게 친절을 먼저 베풀려고 노력한다.

몇 가지 예시를 더 들어보자. 기분에 따라 말투와 행동이 바뀌는 사람이 있다면 어떤가? 그 관계의 친밀도가 높아질수록 나는 관계를 버리지 못한다. "그런 말이 있지 않은가?" 태도가 기분이 되는 사람. 내 주변에도 아주 많다. 그 사람들을 보면서 결심한다. 난 절대 저렇게 행동하지 않을 것이란 일종의 믿음이랄까?

나는 상대방이 힘듦과 불만을 내게 말할 때 감정을 이입해서 묵묵히 들어주고 같이 욕도 해주며 공감이라는 아주 중요한 요소를 함께 해준다. 하지만 다른 부류의 어떠한 사람들은 화가 나면 욕을 섞어 비판적인 부분을 온종일 말한다. 나쁘다는 것은 아니지만 내가 위로를 하고 들어도 그냥 바뀌지 않고 비판적인 생각을 갖고 이야기한다. 또 다른 사람은 자신이 느낀 힘듦과 초라함을 나와 이야기한다. 그럼 그 사람을 생각해 기분 전환 이야기를 하면 오히려 화를 낸다.

여기서 잠깐, "내가 무엇을 잘못한 건가?" 아무리 친하고 좋은 사람이라고 생각한 사람도 저렇게 행동을 하면 모두를 지치게 한다. 그래서 차라리 난 아무 위로도 하지 않는다. "그냥 다 잘 지나갈 것이다"라는 한마디와 함께 듣기만 한다. 그 사람을 위로하기 위한 부분도 있지만 나 자신이 상처받지 않기 위해 듣기만 한다.

태도로 인해 상대방에게 주는 상처는 천차만별이지만 제일 큰 아픔일지도 모른다. 내가 무심코 던진 말과 표정이 상대방을 슬프게 할 수도 있다는 것을 명심해야 한다. 누군가 자신의 감정을 상하게 했다면 그 상대방은 존중해줄 필요는 없다. 하지만 그 감정을 갖고 자신을 방어하기 위한 말과 태도 그리고 남에게도 그 표정과 감정을 숨기지 못하고 전달한다면 결국 다른 사람들은 자신의 눈치를 보게 될 것이다.

그 문제점이 얼마나 심각하고 좋지 않은 것인지 자신이 깨닫고 판단해야 한다. 한 번 더 강조하지만 누구에게나 친절을 베풀고 선행을 하라는 단락이 아니다. 자신의 태도와 그 신념을 갖고 남을 대하면 고스란히 돌아온다는 것이다.

오늘 글을 적으며 나도 누군가에게 기분을 상하게 하진 않았는지, 때론 아픔을 준 것이 없는지에 대해 반성했다. 나만의 신념을 가져도 무너지는 것은 당연하다. 그것이 다신 무너지지 않게 하기 위해서 더 나은 사람이 되고자 한다.

말을 하는 방식과 태도 모든 것을 나도 아직 배우고 있다. 그러므로 우리 모두가 어른스러운 생각과 행동을 더 많이 느끼고 배웠으면 하는 바람이다.

자신감=자존감

"자신감, 자존감 그리고 용기는 다 같은 말인가, 다른 말인가?"

살아가면서 자신감을 갖고, 자존감을 가져야 하는 순간들이 올 때마다 항상 자신이 없었다. 그것이 무엇이라고 날 이렇게 깎아내리는 건지 모르겠지만 매사에 두려움이 있었다.

누군가를 좋아하고 남이 나를 좋아하는 것들, 큰 무대에서 말을 하고 좋은 직책에서 활동을 할 때마다 나에게 질문을 던졌다. "내게 이런 자격이 있는가?", "과연 내가 해도 되는 것인가?"

남이 생각하는 나는 글을 쓰고 남에게 자신감을 주는 처지며, 조언을 잘하는 사람이지만 정작 나 스스로는 바보같이 벼랑 끝으로 달려가고 있었다. 여전히 두려웠다. 무엇을 보여줄 만한 특출함도 내겐 없었다. 가끔은 내게 자신감과 자존감을 높여줄 사람이 몇 없다. 아니, 거의 없다. 반대로 내 자존감을 떨어트리는 사람도 거의 없다. 이 말은, 즉 비례한다는 말인데 이 구절이 더 슬픈 것 같다.

다른 무언가가 좋은 조건이면 자신감이 강하련만, 도대체 왜 이렇게 살아가면서 시간이 지나면 지날수록 자신감이 바닥을 기어 다니는지 모르겠다. 혼자만의 용기를 가져본 적도 많다. 이것이 나의 최대한의 배려이자 용기이다. 결국, 나만의 합리화를 통한 압박이 계속 나를 가두는 기분도 크지만 언젠간 이걸 부술 준비를 하고 있다고 생각한다.

"자신감과 자존감, 용기는 도대체 누가 만든 것인가?" 내 생각에 이 단어들은 다 다른 말이지만 방향성은 같다고 생각한다. 세상을 살면서 나처럼 이렇게 자신감도 없고 자존감이 바닥인 사람들이 수두룩하다.

그 사람들에게 "용기를 가지라고 응원한다", "우린 할 수 있다" 등의 위로와 격려는 불필요하다. 단지 난 나와 같은 사람들에게 말하고 싶다.

차차 나아질 것이라고.

굳이 누군가를 좋아하고 연애와 사랑의 부분에서 자신감이 없는 것, 중요한 직책을 맡고 자신이 할 수 있는지 없는지에 대한 잣대와 판단들…

사실 다른 부분에서도 자존감이 없는 것은 아니다. 그렇기에 더욱 이런 것들을 노력해서 고쳐야 한다. 만약 이 프레임 속에 갇혀 아무것도 할 수 없는 상황이 생긴다면 결국 딜레마에 빠져 검디검은 우주 속에 갇힌 사람처럼 살아갈 것이다.

자신감과 자존감 그리고 용기의 어원은 어쩌면 같지만 다르다. 자신감과 자존감을 탓하며 그것이 잘못됐다고 하는 지적 때문에 자신의 딜레마에 빠져 평생 고쳐지지 않을 수도 있다.

이제 편안하게 호흡을 하고 그 숨들을 순하게 내뱉자. 그리고 그 좋지 않은 모든 것을 버리고 점차 나아가는 방식을 배우자. 충분히 앞으로 더 나아갈 수 있는 능력이 있다. 자신감과 자존감을 운운하며 이야기하는 상대방을 모두 부수자. 이름 모를 누군가가 정해놓은 자존감, 자신감, 용기는 단지 우리가 평생 같이 가야 할 것들일지도 모른다.

자신감과 자존감이 같은 말이라면 오히려 감사하다. 이 세상을 사는 우리는 최고다. 아주 소중하고 사랑스러운 존재라는 사실을 일깨워주는 그것들에 감사하고 더 강한 삶을 살자.

PART

4
〜〜〜

겨울밤

죄송하고
감사합니다

어제 만난, 파주에 계신 차장님, 죄송하고 감사합니다.

현재 소품팀 인테리어 디자인으로 일을 하는 중이다. 앞에서 말했다시피 흔히 남들이 표현하는 방송 종사자 중 하나이다. 텅 비워진 공간을 미술팀이 세트팀과 함께 외부 및 내부를 튼튼하게 만들고 칠을 더하면 그다음 몫은 우리다. 소품 및 가구 등 여러 가지를 인테리어 하고 내부에 필요한 그래픽물을 만들며 프레임 안에 담는 공간이 세트가 아닌 실제처럼 보일 수 있게 하는 것도 우리의 역할이다.

주로 난 가구, 소품, 패브릭, 침구류, 커튼, 블라인드 등 여러 가지를 배열해 인테리어를 한다. 하지만 우리 회사가 모든 것을 구매할 수 없으므로 업체를 찾아 계약을 맺고 협찬을 받는다. 협찬이라 하면 업체에 전화해 드라마를 이야기하고 어떤 장면에 노출과 어느 부분에 인테리어로 들어간다는 설명 그리고 협찬이 진행되었을 경우 우리가 업체 측에 제안할 수 있는 것들을 알려준다. 그리고 협찬을 진행하게 되면 이제 받은 제품을 세팅하고 그것이 카메라에 노출되며 방송이 진행되는 개념으로 일을 한다.

글로 풀어 쓸 때는 아주 쉽지만 이게 쉬운 것은 절대 아니다. 글로 쓰고 말로 하면 굉장히 간단한 일을 하고 있다고 생각하지만 먼저 제품을 정해 미술팀과 연출팀이랑 상의 후 정하는 시간, 그 속에서 받는 스트레스는 장난이 아니다. 상의가 끝나면 마음에 드는 업체를 여럿 골라 전화를 한다. 그래서 구구절절 다시 설명해드린다. 나를 마치 거짓 광고 업체에서 일하는 사람처럼 취급하는 사람이 있다.

이번 드라마에서는 침구류가 필요했다. 그래서 같이 일하던 동생이 침구류 업체를 협찬 받아 성공했고 그래서 아주 친절한 도움에 따라 세팅을 다 끝내놓은 상태였다. 하지만 갑작스러운 일이 발생했다. 다른 팀에서 침구류에 대해 변경을 요청하셨고 결국 받았던 침구를 모두 빼서 반납을 다시 해야 하는 상황이 생긴 것이다.

침구류 업체 담당자님에게 뭐라 말씀드릴 수가 없을 정도로 죄송했다. 오히려 두려웠다. 내가 만약 침구 업체 사장이었으면 큰 쌍욕을 날렸을 것이다. 기껏 협찬해준다고 해서 제품을 모두 분류해서 줬더니만 안 쓴다고 전화를 할뿐더러 제품은 이미 다 뜯어서 다른 비닐봉투에 다시 넣어서 꾸깃꾸깃하게 준 소품팀을 누가 좋아하겠는가?

최대한 내가 할 수 있는 죄송하다는 표현을 전부 쏟아냈고 제품도 정성스레 담아 갖다 드렸다. 여기서 의문이 들었던 것은 사실 내겐 잘못을 했다는 지분이 하나도 없다. 가운데 입장에서 그냥 해달라고 했을 뿐이지만 싫다고 하면 다시 업체에 전화한다. 종종 이런 일이 생긴다. 결국, 미술팀과 업체 사장님들 사이에서 내가 제일 못된 사람이고 바보가 된 셈이다.

파주에 도착 후 물류 공장에 들어선 순간 땀을 흘리며 일하시는 분들과 수만 개가 넘는 이불과 쿠션, 베개 등이 널려 공기는 몹시 더웠다. 그중 담당하시던 차장님께서 내게 오셨다.

차장님께서 먼저 말씀을 해주셨다. "네, 말 들었습니다. 근데 있잖아요, 그거 알아요? 우린 정말 협찬해준다고 하면 우리 제품 그냥 드리는 거고 받으시는 팀들은 좋지만 여기서 일하는 모두가 고생해요. 그거 하나하나 다 분류하고, 옮기고 방송에 나온다니까 제일 좋은 제품을 만드는 게 얼마나 힘든 일인 줄 아세요?"

왠지 글로 쓴 저 말투는 굉장히 화가 났으며 짜증을 부리는 것 같지만 전혀 아니다. 오히려 웃으면서 이야기했고 날 전부 이해한다는 표정과 함께 너그러운 듯 이야기하셨다. 차장님께서 한 모든 말이 한 글자씩 내 가슴속에 꽂혀서 멍이 들었다. 정말 마음이 아팠다.

방송 일을 시작하고 어제 처음으로 후회를 했고 현실에서 도피하고 싶다는 생각과 함께 아무 말도 못 했다. 너무 죄송스러웠다. 정말 죄송하다는 진심 어린 말씀과 함께 고개를 숙였다. 난 그저 내 잘못이 아니라는 이유만으로 아니라 했고, "그냥 갖다 주면 되는 것이 아닌가?"라는 생각이 들었다. 하지만 말을 듣는 그 순간 내가 더 신경 썼어야 한다는 생각이 들었다. 그분들 이마에 맺혀 있는 땀방울을 보면서 내 마음에도 방울이 맺혔다. 인간적으로 정말 죄송했고 미안했다.

돌아오는 차 안에서 담당자님에게 전화 후 진심 어린 사과를 하고 회사에 왔다. 퇴근하면서 본 하늘 색은 붉은빛이었다. 무심히도 예쁜 하늘이 더 얄미웠다.

사람의 마음은 마치 고무줄 같다고 했다, 늘어났다가 줄어들었다가. 아마 차장님의 마음도 그랬을 것이다. 협찬으로 인해 늘어난 마음이 거절로 인해 다시 줄어든 것이다. 충분히 이해한다. 무슨 말인지도 안다. 차장님의 진심 어린 말이 믿거나 싫지가 않았다. 오히려 나를 위해 땀을 흘리는 분들을 위해 더 열심히 일을 해야겠다는 생각이 들었다.

감사했고 고마웠다. 이 글을 쓰면서 수많은 감사와 고마움을 계속 말하고 있지만, 전혀 아깝지가 않다. 수없이 협찬을 받으면서 감사한 업체 사장님들이 정말 많다. 그래서 어제를 거울삼아 곱씹고 곱씹어서 감사의 표현을 더 많이 하고자 한다.

어제까지만 해도 내 스스로가 누구보다 제일 힘들고 업무에 대한 스트레스를 받는 줄 알았지만, 간과한 부분이 있었다. 이제는 그런 생각을 하기보단 더 열심히 살아야겠고 이 순간 최선을 다해서 일해야겠다고 생각이 든다.

"차장님, 정말 감사합니다. 그 마음 잊지 않고 일하겠습니다. 협찬을 위해 그리고 차장님과 준비해주신 분들의 수많은 땀방울 중 하나는 저를 위해 흘리신 땀이라고 기억하겠습니다."

우리가 사는 이곳은 여전히 살 만한 세상임을 자주 느낀다. 수많은 사람의 친절과 배려는 보이지 않는 곳에서도 계속된다. 우린 그것을 조금 더 배워나가야 한다는 것을 명심해야 한다.

내 산타클로스는
별이 됐다

아주 어릴 적 우리 집은 꽤나 부유한 집안은 아니란 걸 알면서 커왔다. 분명 사진으로 보았고 커온 기억에 기대어 비추어 볼 때 얼추 그런 것 같다. 그래서 우리를 지키기 위해 부모님은 열심히 일하느라 나와 누나들은 외할아버지, 외할머니 옆에서 커왔다. 어릴 적 부모님과 할아버지, 할머니의 무한한 사랑을 받으며 커온 나는 철부지였기에 우리 할아버지는 내게 산타클로스와 같았다. 산타클로스보다 더 좋은 선물을 주기 위해 항상 내 옆에 있었으며, 산타가 없다는 사실을 알았을 나이에도 난 우리 할아버지가 산타라고 믿고 있었다.

어린 손주가 먹고 싶은 것을 매번 해줬다. 다른 집 손주 부럽지 않게 입히고 먹이고를 전부 다 했다. 할아버지의 자전거 앞과 뒤는 항상 어린 손자, 손녀들의 몫이었다. 어릴 적이라 기억은 잘 안 나지만 스포츠카 남부럽지 않은 것 같았다. 할아버지의 등은 참 부드러웠다. 날 업고 갈 때면 할아버지 등에서는 구수한 소고기 육개장 냄새가 났다. 그것마저 좋았다.

시간이 흐르고 흘러도 할아버지는 항상 친절하고 웃음도 많았다. 우리에게 사랑만 주는 사람이었다. 하지만 그런 사람도 나이는 속이지 못해서 그런지 조금씩 아프기 시작했다. 수술도 몇 번 했고 호흡기도 좋지 않아서 약도 많이 먹었다. 그런 할아버지를 볼 때마다 정말 가슴이 찢어지도록 아팠다. 대학에 내려가 자주 전화를 하지 못했고 올라가지도 못했다. 참 그 거리가 뭐라고, 시간이 뭐라고, 그래도 가끔 가면 할아버지는 항상 축 처진 어깨를 하고 TV를 보고 있었고 내가 와서 손을 잡으면 기다렸다는 듯이 장난을 쳤다. 내가 간다고 전화를 하는 날이면 언제 오느냐고 몇 시간마다 전화하면서 재촉을 했다. 아마도 나를 엄청나게 보고 싶어 했나 보다.

그런 할아버지가 11월 춥디추운 겨울바람이 불던 날 아프다는 연락이 왔고, 곧 돌아가실 것 같다고 엄마한테 연락이 왔다. 그리고 몇 분 뒤에 돌아가셨다는 전화가 왔다. 그 전화를 듣자마자 자취방에 가서 옷을 갈아입고 곧바로 기차를 타고 파주로 올라갔다. 사실 이 글을 쓰면서도 그가 내 옆에 있는 것 같다. 지금도 거짓말 같은데 전화를 받을 당시는 얼마나 안 믿겼느냐는 생각을 한다. 울면서 또 울면서 도착한 장례식장 에는 할아버지의 사진이 여러 꽃 사이 정중앙에 있었다. 믿기 지 않았다.

할머니는 나를 보자마자 껴안고 울었다. "중인아, 할아버지 돌아가셨는데 응? 어째"라는 말과 함께 눈물을 흘렸다. 결국, 조금 흘리던 눈물이 터져 나와 멈출 수 없는 상황이 되어버렸 다. 그와 보낸 사계절 그리고 시간, 추억들이 주마등처럼 스쳐 지나갔다. 평소 주마등이 스친다는 말을 느껴본 적이 거의 없 었지만 그 당시 할아버지 사진 앞에서 선 그 순간 말의 의미 를 충분히 이해할 수가 있었다.

공간에 있는 모두가 울었다. 나는 장을 치르는 3일 내내 거 의 잠을 청하지 못했다. 우리 가족 모두가 그랬고, 그런 상황 에서는 누구나 그럴 것이다. 그가 준 세상이란 선물을 기억하 기에 그리고 그에게 너무 미안했기 때문에 계속 눈물이 났다.

순간순간마다 울었던 기억이 난다.

자세한 이야기는 할머니를 통해 들었다. 돌아가신 날 당일도 식사를 한 후에 손님과 대화를 하고 방에 들어가서 잠을 청하셨단다. 도중에 급하게 할머니를 불러 "숨이 잘 쉬어지지 않는다"는 말을 내뱉었고 그러다가 갑자기 할머니 품에 기대어 눈을 감으셨다. 손은 점점 오그라들었고 이모가 급하게 119에 신고를 했다. 전화로 설명을 들으며 심폐소생술을 시작했으며 119 구급대원이 급하게 도착해 심폐소생술을 계속 진행했지만, 심장이 안 좋은 나머지 의식이 없는 채로 피를 계속 토했다고 한다. 그 상태에서 병원에 갔고 결국 하늘의 별이 됐다.

할머니가 내게 말하길 "할아버지가 돌아가시기 전에 중인이 너 이야기를 했어, 중인이가 바쁘고 멀어서 못 오나 보다. 밥은 잘 먹는지 걱정이 된다"라고 했어.

세상에서 가장 슬픈 말이었다. 난 그 말을 듣고 한참 동안을 울었다. 아니 그 말은 지금도 생각을 하면 운다. 마음이 아프고 아팠다. 3일 내내 많은 사람이 절과 기도를 했고 장을 무사히 치렀다. 3일간 수많은 사람이 할아버지를 위해 눈물을 흘렸고 걱정을 했으니 아마 할아버지는 좋은 곳으로 갔을 것이다.

내게 산타할아버지는 우리 할아버지 한 명뿐이고, 지금은 하늘의 별이 되어 다른 사람들에게 더 많은 선물을 주고자 내 곁에서 잠시 떠났다고 생각한다. 아마 우리 가슴속엔 누구나 자신만의 산타가 있을 것이다. 그 산타가 가족, 친구, 동료 등 사람일 수도 있고 다른 형태일 수도 있다. 가슴에 품은 산타를 항상 기억했으면 좋겠다.

아직도 그가 떠난 추운 겨울바람을 잊지 못한다. 그날의 겨울이라는 계절 속 그를 만나러 가기 위한 기차 안에서 가끔 시간이 멈춘 것 같다. 멈춘 시간 안에서 그가 내게 준 모든 것을 품을 것이다.

"삶의 의미를 가르쳐준 할아버지 정말 고마워, 위에서는 절대 아프지 말고 건강하게 살아. 할아버지가 먼저 올라간 만큼 할머니 아프지 않게 잘 보살펴줘. 사랑해 할아버지, 다음에 태어나도 난 할아버지 손주로 몇 번이고 태어날게."

별이 된 길을 평안하게 걷길 바란다. 어릴 적 이별한 엄마의 얼굴을 어루만지며 하늘 끝에서 한없이 행복하길, 부유하지 못했지만 사랑을 주고자 한 마음은 분명 별이 돼서도 빛이 날 것이다.

각자
슬픔을
감당하는 방법

(앞과 어쩌면 이어지는 에피소드)

할아버지가 돌아가신 후 모두 각자 그 슬픔을 감당하는 방법은 달랐다. 할아버지는 누군가의 아버지였고 누군가의 할아버지이자 누군가에겐 한없이 철이 없었던 아들이었고, 귀여운 동생이었다. 그런 큰 자리를 차지했던 사람이 지나가고 난 뒤 허전함과 공허함은 그토록 크게 밀려온다.

자신의 아버지를 잃은 우리 엄마는 누구보다 소녀 같은 얼굴로 할아버지를 그리워한다. 너무 슬프고도 아픈 마음을 주체하지 못한 나머지 계속 가슴속에 머금고 살아간다. 이모와 삼촌도 티는 내지 않지만, 엄마와 같은 마음으로 살아간다. 자신의 아버지를 잃은 상실감은 누구보다 크고 아플 것이다.

할아버지에게 예쁜 손녀였던 우리 누나 둘은 아직도 나와 이야기를 하면서 그리워한다. 보고 싶어 울고 마음이 아파 운다. 그가 줬던 사랑이 누나들에게는 벅찬 순간의 연속이었음을 알기에 그의 부재는 더욱 느껴진다.

나는 그가 준 모든 것을 생각하면 눈물이 난다. 매주 할머니네 갈 때마다 방에 들어가 할아버지 영정 사진을 보곤 한다. 보면서 할아버지에게 말을 건다. 한 주 동안 잘 있었냐고, 보고 싶었다고.

방에 들어가면 그가 앉아 있을 것 같은 뒷모습이 그림처럼 펼쳐진다. 그 모습을 상상할 때마다 내 가슴과 모든 감정이 미어터진다.

당연히 슬픔을 가장 감당하기 힘든 사람은 한평생을 같이 살아온 우리 할머니다. 할머니는 할아버지 장례를 치르는 내

내 눈물을 보였다. "왜 먼저 가느냐?", "날 두고 가지 마라" 같은 말을 반복하며 하늘로 올라간 할아버지를 붙잡았다.

할머니 댁에 갈 때마다 할머니는 내게 말한다. 할아버지가 너무 빨리 갔다고, 딱 몇 년만 더 살길 바랐는데 "너희 큰누나 아기도 보고 싶어 했고", "너 졸업식도 가서 졸업가운 입고 싶어 했는데 말이야." 이런 모든 이야기를 하며 입술은 꽉 다물고 눈에는 마치 눈물이 쏟아질 것만 같은 모습이다.

사실 누구든 슬픔을 감당하는 방법이 다르다. 인간은 아주 큰 슬픔이 다가와 직시했을 경우 그것을 회피하고 받아들이기까지 아주 오랜 시간이 걸린다고 한다. 그래서 그 슬픔을 감당하기 위해 큰 노력으로 나날을 지새운다고 한다. 하지만 우리 할머니는 다르다. 그녀는 그를 보내고 난 후 감당하기조차 힘들어 믿지도, 감당하지도 못하고 있다. 아직 그가 살아 있을 것 같은 마음을 갖고 이야기를 한다.

항상 할머니는 내게 말한다. "난 매일 너희 할아버지한테 이야기하고, 말을 걸어." 마치 무엇에 의한 충격으로 인해 그것을 자신의 머릿속에서 지우고, 믿고 싶지 않은 것처럼 말이다.

그녀는 그가 얼마나 보고 싶을까? 평생을 그와 살아온 그녀인데, 가난한 시절에 만나 아이 셋을 낳아 기르며 열심히 살았던 생활을 다 견디고 이제 가족들과 행복한 시간을 보내는 순간에 떠나간 그의 빈자리는 컸다.

삶의 나날을 보내며 우린 누구나 슬픔을 감당하면서 살아간다. 감당하는 방법은 누구나 다르다. 하지만 그 감당하는 것이 너무나 크고 벅차 힘듦을 머금고 산다. 우리가 사는 인생도 마찬가지다. 행복과 슬픔은 비례한다고 했다. 그래서 그 비례하는 것을 반으로 쪼개 조금씩 겪으며 살아가는 세상에서 행복이 있지만 슬픔도 있다는 것을 깨달아야 한다.

모두가 슬픔의 시간 그리고 다가오는 일들이 다른 만큼 각자가 살아가면서 감당하는 방식들도 다르다. 하지만 그 슬픔을 감당하는 모두를 위로하고 싶다. 감당할 수조차 없는 슬픔으로 인해 슬럼프에 빠지고 힘들어하지 않았으면 좋겠다. 그 슬픔이 그대들을 먹어치우기 전에 그곳에서 벗어나길 바란다. 각자 감당하는 방법을 통해 그리고 그것이 무엇이든 간에 모두 힘을 내라고 말하고 싶다.

그를 잃은 나와 그녀 그리고 내 가족들 모두가 힘을 내길 바라며, 잃었고, 없어졌고 등 세상의 모든 슬픔을 각자만의 방법으로 극복하고 다시 세상의 중심에서 즐거움으로 돌아오길 기도하겠습니다.

눈물이든, 자책이든 하고 싶은 방법을 모두 동원하세요. 동원할 수 있는 것을 모두 사용해 슬픔을 이겨냈다면 그 슬픔속에서 다시 본인들이 있어야 할 본연의 모습과 형태의 제자리로 돌아오세요. 제가 위로합니다. 그대들을.

그날의
공기는

요즘 여간 행복한 일이 생기지 않고 일에 치여 바쁜 일상을 사는 중이다. 그래도 단 하나 내 조카를 상상하며 웃으면서 일을 한다. 발과 손은 오동통한 너구리 같다. 뱃살과 팔목 그리고 발목은 도넛이 껴 있는 듯 귀여운 몸을 갖고 큰누나 품에 안겨 이유식을 먹는다.

태명은 선물이란 뜻의 아토, 이름은 이안이다. 요즘 이안이가 우리 가족들 기분을 바꿔놨다. 추운 겨울에 태어난 이안이는 가족들 사이에서 축복이라고도 불린다. 난 그 축복 같은 이안이를 낳은 큰누나를 더 존경하고 또 존경한다.

몇 달을 혼자의 몸이 아닌 아기를 갖고, 자신보다 배 속에 있는 아기만을 생각하는 엄마의 마음을 사실 난 이해하지 못했다. 엄마라는 단어는 세상에서 가장 위대한 단어임을 머리로도 알고 마음도 알지만 그 정도의 깊이를 이해하려 하지 못했다. 그리고 아이를 갖고 난 후, 낳는 과정까지도 정말 힘든 일이며, 존경스러운 일들이라고 생각하지만 직접 겪은 적이 없기에 그 힘듦의 시간과 고통을 직접 느끼지 못했다.

　다행히 큰누나가 이안이를 배 속에 갖고 난 후부터 자주 병원에 다니고 큰누나를 위해 모두가 조심히 생활하는 모습들을 종종 보았다. 혹여나 아이에게 문제가 생겼을까 봐 노심초사 병원에 가서 설명을 듣고 다음 진료까지 불안해하는 표정으로 있는 큰누나의 모습도 보았다. 그러면서 자연스럽게 "아이를 갖는 이 일이 정말 대단하고 힘든 일이구나"라는 것을 매번 느꼈다.

　항상 누나의 배를 보면서 "누나, 곧 이안이 나오겠다"라는 말을 자주 하던 어느 날 같이 밥을 먹던 도중 누나가 몸에 이상함을 인지했고 곧바로 매형이 와서 병원에 갔다.

그날 저녁 누나가 통증이 시작됐다고 연락이 왔고 엄마가 누나에게 간다고 밤에 부랴부랴 준비했다. 나는 사실 통증이 시작되면 배 속에 있는 아이가 바로 나오는 줄 알고 나도 따라가겠다고 당당하게 말했다. 병원에 도착 후 들어간 병원의 밤공기는 삭막했다. 분만실은 누나 이외에도 여러 산모의 비명과 울음소리가 가득했다.

엄마와 나는 분만실 문에 귀를 대고 이것이 누나가 내는 소리인지 아닌지를 번갈아 가며 맞히고 기다리고를 반복했다. 수시로 매형이 나와서 누나의 상태를 알려주고 다시 들어가고 했다. 기다리다가 지친 난 거기 있는 소파에서 잠이 들었다. 엄마도 분명 나와 같이 잠이 든 줄 알았는데 어느새 문 앞에서 자기 딸을 걱정하듯 혀를 차며 초조하게 기다리고 있었다. 금이야 옥이야 키운 자식이 자기의 자식을 낳는다고 하니 그 엄마는 얼마나 기다려질까?

엄마 이외에 다른 산모 부모님도 거기에 서서 한참을 걱정하셨다. 진통을 몇 시간 하는 큰누나와 거기서 날밤을 새워서 기다리는 엄마도 대단했다. (나도 같이 있었으니 대견한 걸로 치자. 동생으로서.)

아침이 돼서야 누나는 결국 수술을 통해 이안이를 볼 수 있었다. 글을 쓰면서 생명과 축복의 탄생 등 이런 것도 당연히 대단하지만 그런 말을 하고자 하는 것이 아니다. 축복 같은 존재를 세상 밖으로 나오게 한 우리 큰누나를 정말 대단하다고 느꼈다. 정말 이제 우리 큰누나도 엄마라는 이름을 갖고 사명감으로 삶을 무게 있게 살아야 한다.

한 아이의 엄마가 된다는 것은 정말 대단한 일이다. 아이를 갖는 것도 굉장한 선물이지만 산모들은 그 선물을 자신의 몸보다 아끼고 아껴서 낳는다. 자신의 몸이 상하는 것은 중요하지도 않다. 그냥 오로지 배 속의 아이가 자신에게는 가장 중요하다.

처음 도착한 병원의 공기는 삭막했지만 얼마 지나지 않아 공기는 짙은 색이 가득한 햇빛과 따뜻한 냄새가 들어왔고 그날 새벽부터 아침까지 엄마들의 노력과 결실로 이안이를 비롯한 여러 축복의 선물들이 세상의 빛을 봤으며 엄마의 엄마들은 기쁨을 감추지 못한 채 웃음을 띠었다.

엄마라는 이름은 축복을 만든 사람이다. 그날의 새벽 병원에는 엄마의 엄마들의 투명한 눈망울과 산모들의 비명뿐이었지만 병원의 삭막함과 그 차가운 공기로부터 전해지는 고독함을 이겨낸 분들에게 박수를 보내드린다.

우리 큰누나도 엄마라는 단어는, 우리 매형도 아빠라는 단어는 둘 다 처음이다. 당연히 처음일 것이다. 하지만 배 속의 이안이를 낳고 고된 시간과 눈물의 삶을 지나며 엄마가 되고 아빠가 된다.

세상의 모든 부모가 그렇다. 견디고, 아물던 시간을 통해 부모가 되기를… 이 세상에 축복을 만드는 엄마라는 단어는 대단하고 경의를 표한다. 그래서 엄마가 항상 강하고 또 강한 것은 분명하다.

이안이가 태어난 그날은 축복이자, 엄마가 된 누나에게 박수를 보낸다. 힘겹던 시간의 공기는 피부를 감싸듯 따뜻했고 소중했다. 사랑스러운 공기였다.

믿는다는 건

믿는다는 건 무슨 의미일까라는 생각을 매번 하곤 한다. 요즘 나는 나를 믿고 살아가는 것인가를 골똘히 생각하게 된다. 일이 날 힘들게 하고 인간관계가 날 힘들게 하는 순간마다 혼자 생각을 한다. "왜 나한테만 이러는 것인가", "왜 나에게만 자꾸 시련이 다가오는 것인가", "왜 나에게만, 왜, 왜?"

누구를 믿어야 할지 모를 정도로 삶의 본질이 흐려지고 있다. 그래서 사람들은 믿을 누군가를 만든다. 종교를 통해 믿음을 갖고 삶을 살아가는 사람이 있고, 자신의 가족, 친구 등 무언가의 지주를 만들어 정신을 기대고 가파른 호흡을 다시 안정적으로 되돌린다. 아주 좋은 부분이라고 생각한다. 힘든 부분을 바로잡기 위해 다른 무언가에 기대 믿음을 갖는다는 것이란.

그렇다면 위에서 말했다시피 다시 한번 생각해보자. 자신은 얼마나 자신을 믿는가? 난 요즘 나를 믿지 않는다. 내가 과연 잘할 수 있을까에 대한 의구심과 나는 절대 할 수 없다는 등의 부정적인 생각 그리고 남이 나를 볼 때 넌 절대 이뤄낼 수 없어 같은 눈초리로 인해 어느 순간부터 믿을 수 있는 내 안의 존재들이 사라졌다.

모든 일을 시작하기 전, 그리고 시작하고 난 후 자신을 믿어야 한다. 부정적인 호흡을 다잡기 위해 숨을 한번 크게 쉬고 다짐해보자. 안정적이지 못한 호흡을 안정적으로 바꾸고 생각해보자.

내가 살아가는 이유는 오로지 내 삶과 인생을 살기 위해 여행과도 같은 배를 타고 항해를 시작하는 것이다. 믿음을 갖고 여행을 한다면 누구보다 더 나은 여행의 의미를 찾겠지만, 자신을 믿지 않고 어딘가를 떠난다면 불안, 초조 등 시작도 전에 배는 흔들려 얼마 가지 못할 것이다. 나도 지금은 나를 다시 믿으려고 노력 중이다. 부정하는 순간들이 자신을 괴롭혀도, 부정과 불안으로 가득 찬 것들이 자신을 조여와도 절대 흔들리지 않았으면 좋겠다.

가끔 헬스장에 가서 운동을 할 때 심심하면 동기부여가 되는 영상을 자주 보곤 한다. 그 영상 속 가운데 가장 인상 깊었던 말 중 하나가 있었다. "기본기가 가장 중요하다"라는 이야기였다. 우리는 기본기 없이 지내다 보니 무엇을 하더라도 실패할 수밖에 없다. 그렇다면 기본을 뜻하는 단어에 대해 더 많이 생각해봐야 한다. 내가 생각하기에는 기본을 나타낸다는 것은 자신을 믿는다는 과정에서부터 시작된다.

정작 자신을 믿지 않고 무엇인가 시작하려고 했을 때 그것에 대한 의문점으로 인해 본질적인 부분에서부터 막힐 것이다. 하지만 그 틀을 깨고 할 수 있다는 믿음을 전제로 어떠한 일을 시작했을 경우 분명 실패가 따르더라도 그 실패에 대한 대가에서 얻고, 다시 도전할 수 있다는 마음이 생길 것이다.

세상을 살아가면서 녹록지 않은 순간들마다 믿음을 갖고 강해져라, 좋지 않은 기운들이 자신을 감싸는 순간에도, 믿을 사

람 없다고 느끼는 지금도,

　자신을 믿으세요. 그리고 항해를 시작하세요. 그 믿음이 자
신을 지켜줄 겁니다.

PART

5

힘을 주고

인간
그리고
관계

사람들은 살면서 인간관계에 대해 많은 생각과 고민에 빠지곤 한다. 세상에는 수도 없이 다양한 인간이 있다. 그 수없는 인간들과 얽매이기도 하고 꼬이기도 한다. 그렇게 나와 너, 너와 나, 우리와 너희, 너희와 우리가 완성된다.

이런 인간관계를 누구 하나 쉽게 생각하는 사람은 없을 것이다. 겉으로는 괜찮아도 저 사람, 이 사람과의 관계 때문에 힘들어한다. 사실 내가 아닌 남 때문에 힘들어하고 감정을 소비한다는 것은 바보 같은 일이다.

사실 무덤덤하게 글을 쓰는 나도 인간관계에 처음에는 애를 많이 먹은 사람 중 한 명이다. 무엇을 할 때 "저 사람이 싫어하지는 않을까?", "저 사람이 불쾌하진 않을까?", "기분은 왜 안 좋아 보이지?" 등과 같은 걱정으로 시간을 보내는 것이 다반사다.

　자신을 걱정해주지 못할망정 자꾸 이런 경우가 생기는 건 아무도 모른다. 하지만 분명한 건 잘못된 것임을 인지하고는 있다. 취업 후 연락이 오지 않던 사람들이 오는 예도 있고, 대학교에 다니면서 굉장히, 아니 아주 많이 챙기고 또 챙겼던 사람들은 정작 졸업 후 연락이 오지 않았다. 이런 경우를 보며 인간관계는 참 허탈한 것이라는 걸 느꼈다.

　내가 꼭 연락하지 않으면 오지 않는 사람, 필요할 때만 날 찾는 사람들이 내겐 너무 많았고, 이것이 불필요해서 그냥 정리했던 경험도 있다. 형식상 관계를 맺는 것도, 인간과 관계를 갖는 일종의 방식이다. 하지만 난 그것이 굳이 내게 필요한가를 생각했고 그런 방식은 추구하지 않기로 했다.

　글을 읽으며 의문이 드는 사람들도 있을 것이다. "왜 굳이 연락을 기다려? 내가 하면 되잖아", "무엇을 바라고 친구를 하려는 건가?" 등의 아주 많은 의견을 낼 수도 있다. 당연하다. 이렇게 생각하는 사람들이 틀렸다는 것은 어디에도 없고 오히려 저것도 정답이다. 하지만 내 초점은 저 부분이 아니다.

줬으니 받아야 한다는 심보가 아닌 정말 나를 생각해주는 사람들의 초점을 맞추고 있다. 정말 수도 없이 바라지 않고 준 사람들은 많다. 난 그 사람들을 생각했고 걱정 어린 마음을 갖고 같이 아파하고 즐거워했던 기억들이 많다. 뭐 당연한 건 돈도 많이 썼다. 근데 시간이 지나고 난 뒤 느꼈다. 절대 돈이 아깝지는 않지만 그 사람들은 내가 그 사람들을 생각한 만큼 날 생각하지 않았었던 것을.

인간관계는 냉철함과 강인함이 관건이다. 자신이 인간관계에 쩔쩔매고 아파한다면 그 부분은 결국 깊은 상처처럼 아물지 않아 더 아파질 것이다. 그렇기에 냉철함이 필요하다. 냉정하게 굴라는 뜻이 아니다. 정말 내 곁에서 나와 함께 무엇을 고심하기도 하고, 아파하기도 하는 친구를 더 신경 쓰고 따뜻하게 챙기면 된다. 하지만 나를 그냥 형식상으로 생각하는 사람들에게는 군이 따뜻함을 줄 필요는 없다. 언제든 그런 사람들에겐 맺고 끊음을 확실하게 해야 한다.

강인한 모습을 통해 자신이 약한 사람이 아니란 것을 보여주는 모습도 나쁘진 않다. 예전에는 같이 일하는 사람이 괜스레 기분이 좋지 않으면 나까지 눈치가 보여 일을 시키거나 같이 할 때 불편했다. 하지만 지금은 신경 쓰지 않는다. 난 내 일을 한다. 그리고 일도 할당량에 맞게 시킨다.

다른 예도 있다. 무엇을 시켰을 때 기분이 좋지 않다는 이유로, 그리고 하기 싫어한단 이유로 표정이 아주 좋지 않은 친구가 있었다. 예전에는 그런 친구의 기분을 생각하고 왠지 내가 화를 내면 사이가 서먹해지고 멀어지는 게 싫어서 멍청한 사람처럼 기분을 풀어주기 위해 노력했다. 하지만 이제는 그렇지 않다. 당당히 말한다. "기분이 좋지 않거나 하기 싫으면 말해달라고, 그리고 기분이 좋지 않은데 내가 무엇을 해주길 바라냐" 등의 태도를 보인다. 글만 보면 굉장히 내가 예절이 없는 사람처럼 보이지만, 아니다. 난 한 번 더 바보가 되기 싫어서다. 이미 인간관계에 크게 데인 적이 많아 그것에 상처를 받지 않기 위해 바뀐 내 모습에 대해 아주 만족한다.

오늘 운동을 하던 도중 친한 동생과 SNS를 주고받다가 동생이 인간관계에 대해 너무 허탈감에 빠져 현실이 힘들다는 운을 띄우며, 이야기했다. 일은 이랬다. 자신의 생일날 오히려 친하지 않고 연락도 하지 않던 사람들이 연락이 와서 선물을 보냈다고 한다. 그리고 본인이 챙겼던 사람들은 오히려 연락조차 오지도 않았다고 한다.

생일을 축하해준 부분은 정말 고맙지만 부담스러운 게 너무 컸다고 한다. 평소에는 자신의 옆에 있는 사람들도 아닌데 생일날 챙겨주면 자신은 정을 잘 붙이는 성격이라 또 의지하게 되고 그러다가 사람을 잃고 수십 번을 반복하다 보니 전부가 가식 같다는 느낌도 든다고 한다.

동생에게 조언이라 치고 이 말 저 말을 해주고 싶지 않았다. 그냥 주변에 있는 사람들을 더 잘 챙기고 굳이 그 사람들을 네가 안 챙겨도 너 주변에 있는 사람들이 널 몇십 배 더 소중히 챙겨줄 것이라고 말했다.

맞다. 우리는 수십, 수만 가지의 관계 속에서 현실을 살아간다. 그렇게 자신도 인간이지만 같은 인간에게 상처받고 감정을 상하는 일이 다반사다. 하지만 생각해보면 안타까운 일이다. 굳이 그렇게 힘들게 살지 말자.

지금 주변을 둘러보자. 곁에서 자신을 정말 생각해주는 친구가 있다면 그 친구를 소중히 여기면 된다. 굳이 다른 사람들 때문에 스트레스 받고 힘들어하지 않았으면 좋겠다. 곁에서 같이 공감해주고, 아파해주고, 울고 웃는 진정한 사람이야말로 무엇과 견주어도 바꿀 수 없는 존재이다.

그러니 우리 살살 살자. 그리고 편하게 살자. 날 위해주는 사람 관계에 몰두해 함께 나누고 이 복잡한 세상을 살아가자. 세상도 복잡한데 인간관계까지 복잡하게 생각한다면 얼마나 머리 아프겠나.

내 곁에 남은 소중한 사람들이 누군지 그리고 그 사람들과 '함께'라는 단어를 즐기길.

모든 선택과
결정의 기로에서

실뭉치처럼 꼬인 삶 속에서 가족과 친구와 동료 등 여러 사람과 함께 이정표 없는 길들을 따라 걷고 있다. 삶이 한 줄이면 얼마나 행복할까. 우리는 살면서 여러 방향 때문에 결정과 선택의 순간들이 온다.

인간은 후회의 동물이다. 그래서 자신이 했던 선택에 엄청난 후회를 하고 미련을 갖는다. 분명 자신의 결정으로 인한 선택과 그에 따른 대가를 치르는 것은 분명하지만, 항상 불안해하고 두려워한다.

나도 살아가며 엄청나게 많은 결정들을 했다. 친구들과의 관계, 가족들과의 결정, 학교, 직업, 사랑 등 다양한 요소들을 선택했다. 처음에는 매번 후회의 연속이었다.

항상 내가 한 결정이 옳았으면 좋겠다는 소망은 헛된 꿈일 수 있다. 내가 아닌 모두가 지금 이 시간에도 결정의 기로에 서 있을 것이다. 아마 점심을 뭐 먹을지 고르는 결정을 하는 사람들, 아주 중요한 사람과 만나기 위한 장소, 자신의 진로가 결정될 학교, 삶의 첫걸음을 내딛는 직업과 자신의 직업이 맘에 들지 않아 퇴사를 결정하는 사람.

주변 친구와 아는 동생이 같은 고민으로 아주 힘들어하는 시기를 보내고 있다. 그 둘은 나에게 똑같이 말했다. "회사가 너무 힘들어. 회사를 다니면서 마치 기계처럼 일하는 것 같아. 열정도 없고 목적도 없어. 그래서 굳이 내가 여기서 무엇을 하는가라는 생각이 들고 출근이 너무 지옥 같아."

가슴이 미어졌다. 마지막엔 자신이 선택한 회사에 이렇게 자신이 힘들어한다는 자책을 했다. 그리고 다시 다른 것을 선택할 때 두려움이 먼저 따를 것 같아 쉽지가 않다고 이야기했다. 다른 조언은 해주지 않았다. 나의 헛된 조언과 말이 상대방이 결정하는 부분에 한 몫 한다면 그건 상대방이 힘들어질 때 내가 힘들게 만든 거랑 다를 게 없기 때문이다.

내가 해줄 수 있는 것은 공감이고 맞장구다. 그저 그 사람이 힘들다 했을 때 "괜찮다고, 지금도 충분히 잘하고 있으니까 절대 슬퍼하지 말라고. 그리고 너의 결정에 절대 후회하는 삶을 살지 않았으면 좋겠다고."

나도 내 결정에 후회를 많이 했었고 지금도 가끔 한다. 사실 어렵고 힘든 바닥을 걸어가기엔 이 세상이 너무 삭막하다. 하지만 모두가 남의 조언을 듣고 자신의 선택과 결정에 영향을 미치지 않았으면 좋겠다.

학교에 다니고, 회사에 다니며 항상 선택을 할 때마다 주변 사람들에게 물어보곤 했다. 그래서 조언이라 하지만 그것이 당연하듯 됐고 그 결정에 몇 날을 후회한 경험들이 비일비재하다. 사회에 나와 보니 뼈저리게 느낀 순간들이 한두 번이 아니다. 전에 회사에서도 최종 면접까지 갔다가 다른 곳에서 오퍼가 온 회사가 몇 군데 있었다. 가고 싶었지만 얄팍한 양심으로 인해 주변에 답변을 구했다. 답변을 듣고 결과는 모두 가지 않았다. 정확히 하루가 지나고 정말 크게 후회했다. 이번 결정이 내게 타격이 컸던 것인지는 모르겠지만, 정말 슬펐다. 이후 깨달은 것이 있다면 "난 내 인생을 이제 다시 살아가겠다고. 그리고 아무리 가까운 사이라도 절대 내 선택과 결정에 영향을 주지 않기로."

남에게도 절대 조언이라 포장하고 "내 생각은 이런데" 등의 헛된 소리를 하지 않을 것이다. 그런 소리로 인해 남이 결정하는 데 보태주어 결국 후회를 주고 그 결정에 벼랑까지 몰게 하고 싶진 않다. 남이 하는 조언에 따라 자신이 결정은 하지 않았지만 마치 자신이 결정한 것이라 누구를 탓할 수도, 원망할 수도 없는 상황들이 너무 싫다.

살면서 정말 많은 선택을 하는 우리들이여! 동료여! 가족이여! 사랑이여! 친구여! 삶의 의미를 좇으며 걸어가는 이 길은 너무도 춥고 냉랭한 곳이다. 그 사회에서 사소한 결정과 선택이 아주 중요하다.

그 선택과 결정의 기로에서는 자신의 묵묵함으로 결정을 했으면 좋겠다. 그리고 절대 후회하지 않았으면 좋겠다. 아주 힘든 순간들과 찌릿한 느낌들이 올 수도 있다. 눈에 눈물이 나고 미어지는 고통이 와도 절대 후회하지 말고 물러서지 말자.

고통과 눈물로 인해 후회 가득한 선택과 결정이 돼버린다면 그 것은 자신의 탓으로 엄청난 상실감에 빠질 것이다. 그러니 절대 자신이 선택한 것에 대해 후회하지 말고 믿음을 갖고 살아가라.

앞으로 할 수 있는 많은 결정과 선택에 대해서도 두려워하지 않았으면 좋겠다. 자신을 굳게 믿고 달빛을 걸어가듯 사뿐하게 살아가자.

모든 선택과 결정으로 인해 인생이 끝나는 것은 절대 아니다. 인생을 살아가는 동안 수천, 수만 가지의 방향에서 오답과 정답 투성이일 수도 있지만 그것들이 더 좋은, 더 나은 인생을 살게 해줄 것이다.

남이 해준 선택과 결정으로 살아가지 말고, 얄팍한 조언보단 남과 함께 아파하고 공감을 해주는 쪽을 선택해라. 하물며 자신의 선택과 결정에 대해서 절대 후회하지 마라. 모든 선택과 결정이 있지만 스스로가 헤쳐 나갈 수 있는 힘이 생기길.

즐겁게 그냥
그저 즐겁게

오랜만에 친구와 통화를 했다. 통화했던 친구는 태어나서부터 옆 동네에 살았던 아주 흔히들 이야기하는 정말 친한 친구다. 옆 동네에 살다 보니 함께 지낸 시간만 몇십 년이 훌쩍 넘는다. 마당에서 뛰어놀며 배고플 때는 밥을 먹고 땀을 흘리면 같이 욕조에서 목욕을 하며 놀았다.

당연히 학교도 같은 학교를 나왔다. 그렇게 어릴 적 철부지로 살던 꼬맹이 두 명은 어느새 훌쩍 커버렸고 몸, 마음과 생각이 커진 꼬맹이들은 그렇게 인생을 살아가는 중이다.

일을 하고 점심을 먹은 후 시간이 남아 친구에게 전화를 걸었다. 친구는 현재 외국에 나갈 준비를 하고 있으며 언어 공부를 위해 친구를 만들고 구체적인 생각과 계획을 짜는 중이었다. 자신의 회사를 만들고 싶다는 포부는 나와 같았고. 나는 친구의 말에 공감을 하며 세상이야기를 이어나갔다.

친구 _ "즐겁냐, 하는 일 재밌어?"

나 _ "그냥 그래. 그래도 회사에서 대우는 잘해줘. 근데 있잖아, 그냥 배우는 거지. 배워야 내 거를 할 수 있잖아. 원하는 직종이 아니더라도, 회사를 차리는 것과 지금 하는 것이 달라도, 버티고 있는 거야. 왜냐하면 그냥 부정(싫증, 싫음, 고난, 역경 등)을 배워야 경험이 많아지거든."

친구는 묵묵히 듣고 있다가 말했다.

친구 _ "그래. 네가 배우고 경험한다고 하면 다행이네."

친구가 했던 대답은 그냥 아무런 말도 아니었지만 내 마음이 편해졌다. 사실 긍정적인 성격과는 다르게 불안감이 휩싸이면 쉽사리 빠져나오지 못하는 좋지 않은 트라우마를 갖고 있었다.

뭐든 잘해야 한다는 생각과 꼭 높은 곳으로 올라가고 싶다는 마음가짐이 있기 때문에 남에게는 말하지 못하는 부담감을 어깨에 두고 살고 있었다. 그런데 친구의 한마디가 온몸에 힘을 빼주듯 그냥 편했다. 그리고 전화를 끊기 전 친구는 한마디를 더 하며 통화를 종료했다.

> 친구 _ "근데 있잖아, 즐겁게 살자. 굳이 엄청나게 살 필요는 없잖아. 우리는 잘될 거니까 그냥 웃으면서 즐겁게 살자."

지금까지 내가 너무 강박과 압박 속에서 삶을 살고 있는 건가라는 생각을 했다. 여러 가지 부담으로 인해 이 삶을 살고 있는 모두가 부담을 갖지 않았으면 좋겠다고 말하고 싶다.

웃으면서 즐겁게 사는 인생이 어려울 수도 있다. 슬프고, 억울하고, 아픈 인생을 사는 동안 몇 리터의 눈물과 미어지는 고통이 올 때 그냥 즐겁게 웃을 수는 없을 것이다. 하지만 뜨거운 바람이 부는 여름이 지나가듯, 찬바람이 부는 겨울이 스쳐 지나가듯 그 부담감도 슬픈 일도 지나갈 것이다.

친구의 말처럼 엄청나게 살 필요는 없다. 야망 가득한 삶을 사는 것도 좋다. 부푼 꿈을 갖고 사는 것은 더욱더 좋다. 하지

만 그냥 그런 것들을, 자신이 원하는 것을 평범한 것이라고 생
각하고 살자.

부담스럽고 조급한 인생을 살아가기엔 너무 아깝다. 그러니
즐겁게 아주 즐겁게 살자. 지금도 방송을 하며 틈틈이 글을 쓰
는 이 시간들이 내겐 너무 즐겁다. 그렇다. 차근차근 해도 된
다. 느려도 많이 느려도 가능하니 웃으면서 즐거운 인생을 살
아가자.

너의 오늘은 흘러가고 나의 오늘도 흘러가고 있다. 그 흘러
가는 인생을 즐겁게 살자. 그저 그런 우리가.

수고스러웠던
하루를 보낸
나와 너

오늘따라 기분이 별로 좋지 않다. 일종의 합병증이랄까? 삶의 의욕이 없어지고 직장에서 받은 스트레스와 주변 사람들에게 받은 골치 아픈 일들로 인해 흘러가는 시간들이 너무 힘들다. 이것저것 신경을 쓰고 감당해야 하는 자체가 현실을 도피해버리고 싶다.

최고라 칭하던 것들에 점점 지쳐가는 관계, 더 이상 풀어버릴 수 없는 것들에 관한 난제 속에서 늪에 빠져 나 자신 스스로가 나올 힘이 없어 그냥 그대로 주저앉아 버리고 있다. 흔히들 말하는 슬럼프라는 수식어를 붙여 설명하고 싶지만 그 슬럼프라는 단어를 훨씬 넘어 최악을 향해 달려가는 중이다.

힘들고 힘든 하루를 보내고 집에 들어가면 늦은 저녁과 함께 운동으로 대부분 정신을 해소한다. 스트레스를 해소한다가 아닌 정신을 개조하듯 한다. 그리고 잠을 청한다. 단잠에 빠지고 싶다만 그렇게 할 수가 없다. 이유는 모르겠다. 그냥 무언가로 인해 잠들지 못하고 선잠을 자며 설친다. 주 7일을 내내 이렇게 지내다 보니 지쳤다.

잘 풀리지 않는 무엇인가로 인해 하루하루가 정말 수고스럽다. 하루의 지친 끝에서 언제쯤 하루가 다 지나갈까라는 걱정이 점점 들다가 이제는 퇴근을 하고 집에 돌아가는 길에 내일은 언제 끝날까라는 생각을 한다.

바보 같고 미련스러운 일이다. 가끔 이렇게 지칠 때면 자주 집에 간다. 자취방에서 본집까지는 얼마 안 걸린다. 그래서 본집에 가서 엄마와 아빠 그리고 누나들을 보면 마음이 편해진다. 그럴 때마다 나를 항상 걱정하는 우리 이 여사는 말한다.

엄마 _ "수고했다."

근데 그 말이 너무 슬프지만 힘이 된다. 정말 수고했다, 정말 수고했어. 이 세상을 힘겹게 살아가는 나와 너는 수고했다. 이리 치이고 저리 치이는 일 때문에, 나에게만 왜 이런 일이 일어날까라는 생각들, 하나도 풀리지 않는 산더미들, 걱정으로 인해 잠도 못 자고 지새우는 나날들, 학업과 진로 그리고 직업 등 이 모든 것으로 인해 수고스러운 하루를 보낸 모두가 수고했다.

이 세상이 우주만큼 크다고 느낄 때 우리의 걱정들은 먼지보다도 작다. 하지만 우리는 우주보다 큰 존재다. 그러니까 지치고 지쳐 더 이상 어쩔 줄 몰라 하는 그 순간에 생각하자. 수고했고 모든 것이 지나간다는 것을.

이 글을 읽고 조금이라도 모두가 위안이 됐으면 좋겠다. 만약 조금이라도 이 글의 한 구절이 위로가 됐다면 내 글이 그대들 곁에 있기를 바란다.

세상에는 무수한 일들이 일어난다. 그 속에서 엉망진창인 부분들이 꼭 섞여 있다, 그래서 힘들고 아픈 일들은 내게만 일어난다. 막힌 터널처럼 걷는 내내 암흑이 가득한 공간은 무섭

기만 하다.

그래도 우리 괜찮은 하루를 보내고 있는 건지 의문이 들 때 문득 떠올리자. 치열하게 사는 것의 의미를 굳이 찾기보단 하루를 보낸 자기 자신을 "아주 고생했다고, 수고했다고", 아마 그것이 의미를 찾는 부분보다 훨씬 더 중요한 요인으로 작용할 것이다.

"수고했다. 나도 너도."

시간이 흐르는 건
하루하루 여행을
한다는 것

오늘은 6월의 마지막 날을 장식하는 6월 30일이다. 벌써 6월이 지나고 7월이 온다는 것에 새삼 놀라기도 하고 시간이 지날수록 시간이 흐른다는 것에 대해 실감이 된다. 시간이 흐른다는 것은 단순하게 나이가 든다는 것을 뜻하기도 하지만 빠르게 지나가는 것을 더 소중하게 생각하고, 돌아오지 않는 것들에 대해 한 번 더 생각하라는 의미를 지니고 있다.

요즘은 운동을 하면 몸의 근육과 피부들이 당기듯 힘듦을 쉽게 느낀다. 아침에 잠을 깨고 일어나는 것이 힘들며 피로감이 자주 몰려온다. 눈 그늘이 턱까지 내려와 몸이 천근만근 무겁다.

문득 나이는 못 속인다는 말이 드문드문 떠오른다. 그래서 매번 후회하곤 한다. 어릴 적 그럴 것을, 그때 그랬을 것을, 아쉬움과 후회의 연속으로 시간을 보내고 있다.

난 그래서 하루하루가 모두 마지막인 것처럼 살려고 노력하고 있다. 자신이 아주 평범하다고 생각하는 사람들도 있지만, 난 내 시간 모두가 특별하다고 느끼며 살고 있다. 마법의 주문처럼 말이다.

하나의 여행을 떠나듯 하루를 의미적인 모든 것에 기대어 살아간다. 하지만 그 여행에 불청객은 없다. 단지, 그 여행을 위해 노력하는 나 자신 하나가 배경이 되어 그림을 그려나간다. 색은 모른다. 그냥 마음 가는 대로 떠나가는 대로 시간을 보내는 중이다.

하루는 이렇다. 오늘 점심으로 먹은 메뉴가 아쉬웠을 때 혼자 탄식한다.

나 _ "아, 아까 그거 먹을걸."

이라는 것을, 참 귀엽기도 하다. 상상하는 것치고는, 밤하늘에 별이 반짝이는 그날까지 시간을 소중하게 쓰고 싶다. 우리가 모두 가진 시간은 한정적이지 않다. 무한한 바다처럼 펼쳐진 시간을 조금 더 의미 있는 것들에 사용하길 바란다.

좋지 않은 걱정들로 보내기에는 너무 아깝지 않은가. 자신의 여행에 흐르는 시간을 붙잡기보다는 시간과 함께한다는 마음가짐으로 걷기를 추구한다.

시간이 흐른다는 것은 하나의 여행을 떠난다는 표현을 하고싶다. 난 이제 7월에 무더운 여름 여행을 떠날 채비를 오늘 밤에 하고 있다. 눈을 감고 뜨면 7월이 되듯 앞으로 올 많은 계절의 시간을 흘려보낼 것이다.

우리 모두 시간의 흐름 속에서 여행을 사랑하자.

PART

6

넓고 넓은

~~~~~~~~

낭만이 흘렀던
그 시간들이 만나

내가 책을 내면 그 차례에 대학교와 관련된 글을 꼭 쓰고 싶다는 생각을 했었다. 시행하기에는 어려움과 착오가 많았고 드디어 내 책에 넣고 싶었던 글을 넣는 순간이 와서 이 글을 쓰는 내내 기뻤다. 책을 읽고 있는 사람들 중에서는 "갑자기 웬 대학교 이야기?"라고 할 수도 있다. 맞다. 뜬금없을 수도 있지만 많은 것을 얻어간 대학교 4년의 시절을 소중하고 담담하게 풀기 위한 방식이 무엇이 있을까라고 생각했고 그것이 드디어 완성이 됐다. 그래서 그 4년이 글로써 세상 밖에 나올 차례이다.

나는 내 인생에서 터닝 포인트를 뽑으라고 한다면 과감히 말한다. 대학교 4년의 모든 시절들이 내겐 터닝 포인트였다. 많은 사람을 만났고 수많은 일들을 했다. 아무것도 몰랐던 미숙했던 소년은 누구를 사랑하는 법을 배웠고, 우는 법을 배웠다. 나보다 남을 아끼고 예의를 갖춰 살아가는 방식과 배려하는 방법, 함께 공감하며 나눌 줄 아는 것과 무엇이든 할 수 있을 것 같은 용기 있는 법을 배웠다.

내 인생에서 대학교 4년은 더 나은 것을 찾고자 했었던 나날들이었다. 하지만 지금 생각해보면 더 나은 것을 찾는 그 순간들이 자체로도 빛이 났다. 몇 가지만 배우려고 갔던 대학은 수십만 가지를 배우고 나왔다.

즐거움과 슬픔은 항상 공존했고 그것이 비례하고자 노력했다. 하지만 노력한 그 의미조차도 모두 내 인생에 있어서 환상이자 빛이었다.

물결에 비치는 내 모습들이 완벽하고자 했지만 지금 생각해보면 이미 완벽했던 나였다. 내겐 오지 않을 것 같던 4년의 마지막 순간들이 다가왔을 때 기분이 그렇게 좋지 않았다. 후회 가득한 순간들도 많았고 시간을 돌려 정말 다시 다니고 싶다는 생각도 자주 했다.

20살 시절 아무것도 모르는 촌 동네 아이가 대학에 가서 처음으로 다른 지역 친구를 제대로 만났다. 군대를 갔다 온 후 복학해서 처음으로 후배가 생겼고 꿈이 생겼고 내가 됐다.

사실 코로나19로 인해 졸업식을 하지 못했다. 그래서 제일 분하다. 4년간의 결실을 졸업식으로 마무리하고 싶었지만 인생의 처음이자 마지막인 졸업식을 못 했다는 것에 크게 실망했다. 다시 학교를 다닐 수도 없고.

(다시 본론으로 들어가서)

종강 전부터 난 감사했던 후배, 동기, 선배들에게 자주 감사 인사를 했으며 술잔을 매번 기울이며 밤을 보냈다. 그렇게 아쉬운 밤은 계속 흘렀고 어느새 모든 것을 마무리하고 내가 살던 본 지역으로 올라와야 하는 날들이 됐다. 아마 내가 대학교에 있던 지역 학생들 중에서 가장 늦게 올라갔을 것이다. 정말 감사한 인연들이 많았다. 그들이 내게 알려준 인생은 정말 낭만이었고 나의 청춘이었다.

체육부장을 하며 만났던 모든 사람들, 대의원을 하며 만난 사람들 이외에도 수없이 많은 동기, 후배, 선배들에게 배움을 받았다. 영광스러운 순간들도 많았다. 단상에 올라가 트로피를 올렸던 일부터 학교 문제를 최고 임원으로서 잣대를 내리며 판단하고 결정했던 것들, 심지어 학교 휴게실에서 점심시간에 무엇을 먹을 것인가에 대한 밥 메뉴로 고심하던 사소함도 그립다.

그 사람들에게 시간을 배웠고, 삶의 의미를 찾았고, 추억을 만들었다. 마지막이 되는 순간에는 친구들과 후배들과 자주 울었고 그때 그랬지라는 이야기와 함께 마무리했다.

아무 생각 없이 지냈던 날들이었는데 4년이 지났다는 게 믿기지 않았다. 난 대학 생활이 정말 행복했다. 그래서 지금 취업을 했고 직장을 다니고 있지만 매번 힘들 때마다 4년의 기억을 먹고 산다.

우리에겐 아주 특별한 능력이 있다. 자신의 좋았던 추억을 되새기고 살며 힘든 세상을 버티고 버텨 살아간다. 얼마나 좋은 일인가. 난 만약 4년의 추억이 없었더라면 큰일이 났을 수도 있을 것이다.

흔히들 말하는 좋은 대학을 나온 것은 아니다. 하지만 내겐 내가 나온 대학이 제일 좋은 대학이었고 많이 배웠다. 내가 대학을 나왔다고 자랑을 하고자 이 글을 쓴 것이 아니다. 우리모두는 인생을 살면서 가장 행복하고 자신이 변화했던 시절들이 짧게나마 있을 것이다. 난 우리가 그 시절들이 있기에 지금의 자신이 있다는 것을 말해주고 싶어서 글을 쓰게 됐다.

모두가 그 시절들을 소중히 여겼으면 좋겠다. 그리고 힘들 때마다 자신을 변화시켜 준 시절에 감사해하며 그 기억들을 먹고 살았으면 한다.

우리는 모두가 낭만적인 삶을 살아가고 있다. 그 낭만적인 인생에서 가장 좋은 시절들이 자신을 변화시키고, 돌고 돌아 다시 그 낭만의 끝에서 만날 수 있을 것이다. 그러니 그때까지 더 나은 우리의 삶으로 살자. 의미를 찾자.

4년의 하루, 1분과 1초까지도 동경을 했던 시절을 떠올리며 젊음을 보낸다. 지나고 나면 추억이 되는 시간들을 누구나 마음속에 간직하고 있지 않은가? 모두 그때를 위해 살아가길 바란다. 우리의 인생은 낭만 속에서 흐른 그 시간들을 다시 만날 채비를 하고 있는 것일지도 모른다.

느린
발걸음도
우릴 기다린다

　어떤 운을 띄워서 글을 써야 할지 고민이던 찰나에 딱 생각이 났다. 우리는 현재 살아가는 동안 너무 바쁘게 움직이고 있다. 바쁘게 움직인다는 것이 안 좋다는 것은 아니다. 싫다는 뜻도 아니다. 단지 같은 출발선에서 출발은 했어도 누구보다 먼저 도착하려고 걷지 않고 뛴다. 그것이 사회라는 경쟁 속에서 살아남으려는 각자의 방식들 때문에 만들어진 것 같기도 하다. 사실, 사회에서 빠르지 않으면 살아남지 못한다. 이것은 확실하게 맞는 이야기이다. 나도 그래서 이 사회에서 너무 빠르게 살고 있다. 누구보다 치열하고 뒤처지지 않게 살아간다.

내 친구는 벌써 6년째 같은 일을 하며 누구보다 열심히 달린다. 나의 부모님은 몇십 년이 훌쩍 넘게 일을 하며 원동력을 삼는다. 우리 큰누나는 오로지 조카를 위해 육아에 힘을 가한다. 우리 회사 인원 모두도 자신을 위해, 그리고 회사를 위해 쉼 없이 달려간다.

존경받을 만하다. 하지만 이렇게 달려가는 발걸음에도 쉼이 필요하다. 우린 너무 빠르게 살아가고 있다는 것을 어느새 인지하지 못한 채 시간을 보낸다. 나도 너무 힘든 순간들이 있을 때마다 쉬면 나중에 내가 뒤처질 것 같다는 상상에 다시 달린다. 어느 날 핸드폰을 하던 도중 이런 글을 봤다.

"느린 것도 좋다. 좋으니 느리게 가자."

정말 가슴이 철렁했다. 왠지 나에게 하는 말인 줄 알았다. 난 그저 빠른 것이 이곳에서 살아남을 수 있는 방식이자 끝에 도착해서는 나를 기다려주는 것들을 위해 빠른 것이라고 생각했는데 정말 이 모든 것이 틀리다고 느껴졌다.

그렇다. 기다려달라고 하지 않아도 이 끝에선 우리를 기다리는 것들은 변하지 않는다. 당연히 자신이 완벽하고 좋다면 남들에게 보이는 모습과 성공했다고 좋아할 것이다. 누군가의 자랑이자 보이는 것이 좋다면 빠르게 가도 좋다. 너무 완벽한 스타일로 지내면 미덕이 없지 않은가. 가끔은 느리게 가며 허점도 보여야 인간미 같은 모습도 누구나 다 사랑해줄 것이다.

급해서 넘어지고 상처받는 일이 생기지 않았으면 좋겠다. 아파하고 상처가 생기는 일은 아무도 원치 않을 것이다. 빠르게만 가는 것보다는 느리게 살아가는 방식과 천천히 걸어가는 호흡법을 배웠으면 좋겠다.

차분한 생각과 묵묵히 할 수 있다는 마음가짐, 누군가를 따라가지 않아도 우리는 우리만의 각자 인생을 살 수 있는 것이니까, 누구나 자신의 길은 있고 그 길에서 우리를 도와주는 무엇인가가 있을 것이다. 그것들을 따라서 천천히 느려도 좋다, 가끔은 느림의 미학을 알고 가자.

순위가 중요한 세상에서, 결과물이 중요한 세상에서, 치열하게 사느라 고생하는 모두가 기억해줬으면 좋겠다.

느리게 걸어도 마지막에는 분명 우릴 기다려줄 것이다.

이상을
바라는 일

방송을 하는 직업을 갖는다는 것이 나는 참 대단하다고 생각된다. 사실 모든 직업이 힘들다. 대한민국뿐 아니라 모든 전 세계에 있는 직업은 힘들고 그 직업을 사명감 하나만으로 완수하기는 다음에도 벅차다는 생각이 든다.

직업에는 귀천이 없다는 말을 좋아한다. 아주 평등하고 똑같이 분배해도 이상하지 않을 그런 문장이다. 그래서 아주 좋아한다.

사실 내가 하고 있는 방송이라는 직업은 모든 직업군 중에 난 손에 꼽힐 정도로 힘들다고 생각한다(이건 어디까지나 나의 견해). 아무것도 없는 것에서 모든 것을 만들어내야 하는 이 살얼음판 속에서 살아남기 때문이다. 그래서 성격도 가치관도 모두 다들 특이하지만 하나 공통적인 부분은 강단 있다는 것이다.

이 바닥에서 버티는 사람들은 결국 인정을 받고 좋은 프로그램과 이미지, 영상 등을 만든다. 나도 이 안에서 더 높은 곳에 올라가기 위해 버틴다는 말보다는 이 바닥을 배워야 나중에 내가 하고 싶은 일을 할 때 좌절을 덜 맛볼 것 같아서 버틴다는 말이 더 잘 어울린다.

힘들어하는 내게 주변에서는 이야기를 많이 해준다. "그만둬도 괜찮다", "다른 곳으로 옮겨" 등과 같은 이야기를 하지만 난 한 귀로 듣고 한 귀로 흘린다. 큰 야망일 수도 있지만 난 하고 싶은 게 많다. 그래서 나약한 방법보다는 강인함을 배우고 싶어서 사회생활을 한다.

사회생활을 하며 상급자에 대한 방법, 회사에 속한 모든 공동체라고 칭하는 사람들과 말하는 방법, 대화의 요점, 배려하는 방법, 예절의 의미, 팀원으로 느끼는 점을 통해 내가 회사를 만들었을 때 팀원들에게 대하는 방법, 문서 작업 능력 등 인간을 상대하고 자신의 영역에서 능력을 펼치는 등의 아주 중요한 것들을 충분히 배우는 중이다. 하지만 현재는 제일 중요한 밑바닥을 배운다. 이 바닥을 배워야 무엇이든 치고 올라갈 수 있기 때문이다.

이 직업을 갖고 난 후 부담감이 엄청나게 심해졌다. 엄청난 부담감으로 인해 자주 속이 아파 위가 안 좋은 일명 스트레스성 위궤양이 도졌다. 원래는 갖고 있는 잔병이 많아 운동을 자주 했지만 겉모습과는 다르게 안에 있는 내력은 너무 약한 나머지 자주 아팠다. 지금은 더 극심한 스트레스와 불안감, 부담감 등으로 인해 몸이 많이 망가진 상태다.

나 말고도 모두 그럴 것이다. 자신의 직업이나 다른 이유로 인해 굉장한 스트레스를 받고 감당하기 어려운 상황까지 온 부분이다. 자신은 열심히 하고 있다고 생각하고 최선을 다하지만 그것이 마음처럼 되지 않았을 때 다가오는 상실감은 크나큰 슬픔으로 다가올 것이다.

오늘도 하루가 너무 힘들고 지쳤던 나머지 작은누나에게 메신저로 이야기를 했다. 너무 힘들다는 일종의 막내가 부리는 투정이라는 특권을 부려봤다. 우리 누나는 생각보다 여리지만 강단이 있는 사람이다. 항상 동생이 힘들다 찡얼거리면 위로보다는 장난스러운 말로 위로 아닌 위로를 해준다. 그래도 그런 누나가 좋다. 근데 오늘은 너무 힘들었다. 많이 힘들어서 누나에게 말했다. 그냥 하나부터 열 가지가 힘들다.

사람들의 태도와 영상을 찍는 과정 등 그저 그런 것들, 사실 남에게는 이야기하지 않는다. 약한 모습을 보여주고 싶지 않기 때문이다. 그래서 누나에게 이야기하지만 오늘은 누나가 같이 공감을 해줬다. 그러고는 핸드폰 글을 하나 보냈다. 글에는 이렇게 쓰여 있었다.

"널 힘들게 하는 일들이 많지만 포기하지 않는 것도 잘하고 있는 일"이라고, "너무 잘하고 싶은 마음에 그게 자신을 힘들게 할 수도 있다"는 것, "이미 최선을 다하고 있는데 그 이상을 바라면 너무 힘들지 않나. 일은 일대로 자신은 자신대로, 누가 봐도 잘하고 있다."

보는 순간 그냥 아무렇지 않았다. 공기는 평소와 똑같았고 시간은 일정하게 흘렀지만 고개를 끄덕이고 있었다. 아무렇지 않게.

좋은 말이다. 그 이상을 바라면 너무 힘들다는 말, 우리는 무엇 때문인지 모르겠지만 일정 수준이 아닌 모든 것을 특별하게 바라보는 경향이 있다. 그래서 자신의 한계점 그리고 지금 뛰어넘고자 하는 것을 더 나은 방향으로 끌고 가기 위해 매번 최선을 다해 노력한다.

근데 그 시점 딱 그곳에서 걸려 넘어지곤 한다. 그럼 누구를 탓할 수도 없이 무기력함이 다시 밀려오기도 한다. 근데 굳이 그렇게 하지 않아도 된다. 당연히 그 이상으로 잘하고 싶은 것은 다 인정한다.

그래도 이미 최선을 다하고 있는데 그 이상을 바라는 것은 너무하다. 충분히 잘하니 그렇게 자리에서 위로를 해주자. 세상에 힘든 모든 이들이 급여로 인해, 인간으로 인해, 일로 인해, 아니면 다른 일들로 인해 진흙에 빠지지 않았으면 좋겠다.

"어디선가 이 글을 보는 그대들아, 그 이상 바라지 않아도 된다. 이미 최선을 다하는데 굳이 왜 더 하려고 하는가. 지금 자신의 모습의 특권을 누리고 살기를 바란다."

소중함을
지킨다는 것

문득 시간이 지날 때마다 내 소중한 것들이 지키지 않으면 떠나간다는 이론을 알게 됐다. 나는 머피의 법칙을 믿는다. 꼭 내가 아끼고 좋아하는 것들은 얼마 가지 못한다. 그래서 후회 없이 그것들을 지키고자 노력한다.

가족과의 관계, 친구들과의 사이, 집에서 키우는 반려동물 등 여러 가지를 칭할 수 있다. 난 생각보다 잘 못 지키는 편에 속한다. 그래서 뒤늦게 후회를 하는 편이다.

[첫 번째 후회]

외할아버지가 돌아가시던 날 아직도 기억이 생생하다. 엄마에게 저녁 5시쯤 연락을 받았다. 할아버지가 위험하시다고, 그리고 몇 분 지나지 않아 돌아가셨다고 다시 전화가 왔다. 기차를 타고 가는 내내 생각했다. 소중한 사람을 놓치고 싶지 않은 것은 누구나 같은 마음이지만 난 이번에 지키지 못했다고.

[두 번째 후회]

엄마의 아픔을 알지 못한 것이 아직도 평생의 한이다. 당연히 엄마의 몸이라 이상이 있는 부분은 내가 몰랐을 것이 당연하다고 생각한다. 하지만 내겐 엄마의 아픔이 일종의 지키지 못한 상황 중 하나라고 생각한다. 하나뿐인 아들은 아무것도 하지 못했다. 지금은 엄마의 몸이 괜찮아져 회복을 하고 있는 단계다. 그래도 엄마 목에 남은 큰 수술 자국은 보기 아플 정도로 손끝이 아려온다.

[세 번째 후회]

고3 때 친할머니가 돌아가셨다. 고3 때까지 장례식이 많이 없던 것은 아니지만 고3 때 같이 살던 친할머니가 돌아가신 것에 믿기지 않았다. 그녀는 처음엔 먹지 못했고, 그다음은 걷지 못했고, 그다음은 우릴 알아보지 못했다. 돌아가시기 전 나와 나의 아빠를 찾았고 하늘로 떠나버렸다. 참 궁금하다. 뭐가 급한 것인지 모르지만 자꾸 하늘로 올라가는 사람들을 보면 하늘에 좋은 보물을 숨겨뒀나 보다. 장례식 도중 할머니가 입원했던 병실엔 아무도 없었고 덩그러니 그의 약통 하나만 놓여 있었다. 아무도 모르는 이야기지만 그 약통을 보면 수많은 흐느낌과 그녀의 기억이 스쳐 지나갔다는 것을.

[네 번째 후회]

이번 후회는 다르다. 누구의 죽음이나 지키지 못한 것이 아니다. 그냥 더 주변 사람들에게 표현하지 못했고 잘해주지 못한 것에 대한 후회이다. 애정표현이 그렇게 많지 않다. 원래 많이 없었다. 하지만 많이 하려고 노력 중이다. 그것이 서툴고 어려울지라도 또 다른 후회를 가져오기 전에 표현에 대한 감사함으로 지내려고 한다.

막상 글로 후회되는 것을 나열하려고 하다 보니 생각이 나지 않는다. 그래서 네 번의 후회를 적어봤다. 혹시 이 글을 읽는 누군가는 후회를 하지 않는가? 난 모두가 자신의 소중한 것을 잃지 않았으면 좋겠다.

이 세상은 어렵고도 독하기 때문에 자신의 소중한 것을 잘 가져간다. 그래서 그것을 지키기 위해서는 주변에 있는 자신의 소중한 것들에게 조금 더 잘해야 한다. 뭐 무조건 잘하라는 말은 아니다. 하지만 적어도 잃기 전에, 후회하기 전에 지켰으면 좋겠다.

어쩌면 소중하다고 느끼는 것들이 그 자체로도 소중한 존재인 것을 느끼는 순간 사라질 수도 있다. 그 존재들이 우주가 되기 전 더 많이 품에 안기를 바란다.

겪고 나니까
지나가긴 하더라

긴 장마 덕에 유독 이번 여름에 바람이 습하고 더운 것은 내 기분 탓이 분명하다. 마치 내 할 일이 모두 꼬였을 때를 나타낸다. 방송 소품 인테리어 디자인으로 일을 하다 보면 앞에 글처럼 협찬을 수없이 받는 경우가 많다. 이번 드라마는 미니시리즈라서 그런지 적은 예산으로 만들어진 드라마다. 그래서 우리 회사에도 돌아오는 예산은 너무 적었다. 그런 사정을 알게 된 나는 대표님의 걱정을 덜어드리기 위해 최선을 다해 협찬을 받는다.

협찬은 대부분 드라마의 규모와 배우들을 보고 들어온다. 이번 미니시리즈인 드라마는 다른 드라마에 비해 작은 규모다 보니 최선을 다해 받으려고 해도 업체분들은 90%가 거절을 하셔서 꽤 애를 먹었다. 하지만 총액 억 단위가 넘는 협찬을 모두 업체들과 계약했다. 이렇게 이야기하면 다들 놀라면서 그런다. "에이, 그걸 어떻게 받아, 거짓말." 그래 거짓말이라고 치자, 안 믿어도 된다. 하지만 난 내가 했던 노력을 안다(정말 위에 말한 금액이 맞다).

난 협찬 업체 모두를 감사히 여긴다. 자신의 상품을 단지 나를 믿고, 드라마를 믿고 주는 것이다. 그 상품이 반납이 됐든 기증이 됐든 얼마나 카메라에 노출하고 홍보도 얼마나 해줄지 모르는 상황에서 그냥 서로의 신뢰와 대화만으로 협찬을 해주신다.

모든 협찬 업체를 중요하다고 생각하지만 유독 이번 미니시리즈 드라마 업체들에 감사함을 더 느낀다. 작은 드라마에도 불구하고 굉장히 많이 협찬을 해주셨다. 하지만 우여곡절도 정말 많았다. 이번 드라마 모든 관계자분이 대부분 좋은 작품을 찍고자 했고, 프레임 안에 많은 것을 담다 보니 카메라에 비치는 모든 제품과 세트에 굉장히 심혈을 기울였다. 그래서였는지 정말 힘들었다, 이번 드라마는.

어느 날은 늦게까지 일을 하고 몸이 너무 지친 상태였다. 그래서 오랜만에 할머니네를 갔다가 돌아오는 길이었다. 그런데 갑자기 문자가 울렸다. 있던 가구를 몇 개 빼야 하는 상황이 생겼다고 했다. 너무 화가 나기도 했고 막막했다. 나와 드라마를 믿고 협찬을 해준 업체에 못 쓰겠다고 말을 해야 하지만 쉽사리 말을 할 수도 없는 상황이며, 상대방과의 신뢰는 결국 무너져버리고 그 업체는 이제 다른 드라마 협찬을 안 할 수도 있다. 바로 나 때문에.

또 막막한 생각이 들었다. 뺏던 가구에 대해 다시 가구를 어떻게 채워야 하는지에 대한 것이다. 더 슬픈 것은 이 두 가지를 생각한 와중에도 아무도 내게 해결책을 제시하지 않았고 오로지 내가 전부 이것을 감당해야 한다는 것이 너무 명해졌다. 같이 머리를 맞대고 해결을 해야 하는 상황에서 가구를 빼면 업체는 어떻게 되냐는 질문들이 들어왔다. 머리가 갑자기 엄청나게 아파졌다.

결국, 다음 날 쉬는 날이었지만 마음 편하게 쉬지 못했다. 계속되는 전화와 생각으로 휴일이 휴일 같지 않은 이유였다.

이런 상황은 자주 발생한다. 저번에는 당장 촬영이 얼마 남지 않은 상황에서 협찬 받은 의자를 교체해야 하는 상황이 있었다. 힘들게 받은 것은 둘째치고 해주신 분들의 마음을 구겨버리는 것 같아서 뭐라 할 말이 없었다.

방송 일을 하며 솔직히 느끼는 것이 정말 많다. 계약하고 협찬을 받기 위해 노력한 팀들도 생각을 해주고, 어느 정도 고려를 해 스케줄과 방송을 진행해야 한다고 생각한다. 모든 사람이 노력을 안 하는 것은 아니다. 모두가 노력하는 만큼 마음을 배려하고 조금씩 나누어 완성해야 하지만 그것이 전혀 형성되지 못한다. 그래서 계속 이런 일이 생기는 것일지도 모른다.

결론은 두 번 다 빼지는 않았다. 다행이지만 가슴이 철렁한 순간이 여러 번 있었다. 일하다 보면 이런 일은 수두룩하다. 하지만 정말 낯설다. 낯설어서 감당하기가 너무 힘들다. 그런데 정말 신기한 건 지나가긴 한다는 것이다. 시간이 흘러서 지나간다는 것이 아니라 무엇이든 방법을 동원해 지금에 빠져있는 난제 속에서 헤엄치다 결국 나온다는 것이다.

우리는 살면서 정말 많은 일을 겪는다. 수많은 일을 겪고 힘들어할 때마다 그날 하루 아니 일주일 기분이 좋지 않을 때도 있다. 그럼에도 내가 해주고 싶은 말은 딱 하나다. 결국, 다 지나간다. 그것이 무엇이 됐든 모든 것은 지나간다. 힘들어도, 아파도, 모든 날은 지나간다. 그러니 우리가 모두 결국 지나간다는 것을 생각했으면 좋겠다.

나도 계속 신경 쓰고 있으면 머리도 아프고 진절머리가 났지만 지금 생각하면 지나간 일에 헛웃음을 지을 때도 많았다. 방송 일을 하면서 이런 일이 다반사겠지만 그럴 때마다 생각한다.

있잖아, 겪고 나니까 그거 다 지나가더라.

PART

7

〰️

기억 속에서

지금의 것들이
나를 키운다

밥을 먹고 나면 소화제를 먹는 것은 기본, 위염약과 양배추환 등을 요즘은 달고 산다. 비타민 C는 하루라도 챙겨 먹지 않으면 온몸에 비타민이 없이 축 늘어진 기분이다. 지금까지 그렇듯 약 없이 보내는 날들에 꽤 많은 시행착오와 고비를 넘겼다.

작년 MBC 공채에 떨어졌을 때, 몇 번의 취업 실패와 절망에 빠진 한 달, 상사에게 시달리는 며칠간 등 여러 가지 착오가 있었다. 그때마다 사실 너무 힘들었다. 그때 당시에는 그것이 나를 제일 힘들게 하는 줄 알았다. 항상 모두가 달고 사는 말 중 하나가 있다.

"있잖아, 난 지금이 그래도 제일 힘들어."

뻔하게 이야기를 하는 것이지만, 지금이 우리를 너무 힘들게 한다.

약을 달고 사는 나는 겉은 되게 강한 모습이지만 속은 많이 좋지 않은 느낌이랄까? 생각해보면 진짜 힘든 시기도 결국 지나갔었다. 너무 아프고 가슴이 미어지는 순간들도 지나가면 "그때 그랬구나"라고 생각을 한다.

시련과 고통 같은 진부한 단어를 쓰고 싶지는 않다. 하지만 또 쓰게 된다. 그것들이 지나고 난 다음에 더 강해지는 거 같은 느낌이 든다. 그 당시에는 상황이 무섭고 내 몸이 너무 좋지 않아서 모든 것을 포기하고 싶었지만 참고 지나간 순간들 덕에 여기까지 담담하게 걸어온 것 같다.

매 순간 모든 것에 배우려고 노력을 한다. 앞에 글에서 말했지만 이 바닥에서 내가 버티는 이유, 다른 계획 없이 글을 쓰는 것, 친구들과의 관계를 힘쓰는 이유는 하나를 배우더라도 내가 느끼고 더 많이 가져가려고 하는 것도 있다. 내 것으로 만들었을 때 그 느낌 그리고 그것이 완벽한 나를 더 만들어주는 기분, 그 덕에 사소한 것들도 놓치지 않으려는 성격이 생겼다.

좋은 바람이 내 피부를 스쳐 지나는 일도, 햇빛에 눈을 찡그리는 일도, 그 속에서 말로는 표현할 수 없는 감정들 속에서 거대함을 느끼는 인생은 길게 걷는 것과도 같다. 조금 빠르게 걸으면 숨이 차고, 느리게 걸으면 지루하다. 하지만 계속 걷다 보면 조금 빨라도 익숙해지고 느려도 그 느림이 익숙해진다.

우리 모두가 사는 지금 인생도 익숙해질 것이다. 그 익숙함이 아직은 미숙할지라도, 멀고도 먼 곳에 도달하기까지 착오와 함께 갈 것이다. 그런 착오가 있어야 지금의 모두가 완성된다고 생각한다.

난 아직도 버릇이 있다면 옛날 일들을 생각하면 부분적으로 불안하거나 다시 아파진다는 단점이 있다. 사람들은 좋지 않은 것은 자신의 긴 인생 중 그 부분만을 지우고 행복하고 기쁜 기억만을 갖고 살아가려고 한다. 하지만 그 좋지 않은 것 중에서도 충분히 아름답기에 타당할 수 있는 것은 많다.

누가 알지는 모르지만 분명 아름다운 것이 있을 것이다. 최악을 조금이라도 남겨놓자, 그래야 발판을 마련할 수 있는 계기가 분명 만들어질 것이다. 지금의 힘듦, 최악의 순간들은 이제 충분하다. 결국 이 모든 것들이 내게는 좋은 밑거름이 될 것이고 지금의 순간들이 있었기에 내일이 있다.

지나온 날들이 나를 감싸고 있기에 계속 앞으로의 내가 있을 것이고 네가 있을 것이다.

고운
마음씨

드라마를 찍을 때마다 협찬을 받으면 꼭 필수 코스인 화분이 껴 있다. 드라마에 나오는 화분은 전부 조화다. 생각해보면 생화를 갖다 놓고 찍을 수는 없다. 그리고 생화는 가격이 비싸기 때문에 협찬을 받는다는 것이 정말 어렵다. 키우기도 어렵고 연결을 맞춰야 하는 부분에서 만약 꽃이 시들거나 죽어버리면 답이 없다. 이런 이유로 인해 조화를 많이 쓴다.

생동감을 중요시 여기거나 디테일에 민감한 감독님들은 가끔 생화를 추구하시는 분들도 있다. 이번 드라마는 미술 쪽에서 생화를 추구하셨고 오랜 기간 끝에 좋은 업체를 선정 후 생화를 협찬 받았다. 그것도 소량의 화분이 아닌 대형, 중형

사이즈의 큰 금액 화분들을 협찬 받았다.

　처음부터 끝까지 친절하셨던 화분 담당자님은 물건도 직접 갖다주셨다. 사실 셀 수 없는 협찬 업체와 계약을 하지만 이런 경우는 정말 드물다. 자신의 제품을 협찬해주는 드라마팀에 직접 와서 갖다줄뿐더러 주의 사항을 하나하나 알려주셨다. 하물며 필요한 토분과 돌 등도 가져와 봉투에 챙겨주셨다.

　담당자님이 가신 후 알려준 대로 화분을 나열해 물을 주었고 각자 세트장 자리로 배치시켰다. 매일 물을 줘야 하는 식물이 있어 가서 분무기로 물을 주고 모든 화분을 성심성의껏 키웠다. 조금 시간이 지나고 담당자님께서 내가 보내준 식물 사진을 보고 관리를 해주러 오고 사진도 찍을 겸 세트장에 방문하신다고 하셨다.

　화분 상태가 식물들이 많이 죽은 것 같아 괜히 죄송한 마음도 들었다. 자식처럼 키우시던 식물을 오로지 우리 드라마를 위해 주신 건데 내가 망친 것 같은 느낌을 가졌고, 마음 한구석이 왠지 불편했다.

담당자님이 오시고 많은 이야기를 하면서 화분에 대해 대화를 이어갔다. 나는 담당자님에게 말했다.

> 나 _ "저희 어머니가 식물을 많이 키우시는데 그 식물 물도 잘 안 줘 봤는데 이런 적은 처음이네요."

라고 운을 띄우며 서로 웃었다. 담당자님은 화분을 보며

> 담당자 _ "새잎도 많이 났고 잘 자라고 있는 것 보면 아주 잘 키우는 거 예요."

한 가지 죽은 화분을 빼고 직접 가져오신 돌을 더 섞어 식물을 관리해주셨다. 지금까지의 앞에 말들은 모두 서론이다. 진짜 내가 하고 싶은 말은 지금부터인 것 같다.

자신이 협찬해준 곳인데도 불구하고 직접 운전을 해 먼 길을 와서 좋은 이야기를 해주셨다. 더운 날씨 탓에 땀을 계속 흘리면서도 직접 화분의 곰팡이까지 다 닦아주셨다. 맨손으로 흙을 다 걷어내는 손톱 밑은 이미 검은색으로 물들어져 있었다.

단지 감사하고 고맙다는 말을 하고자 했으면 글을 쓰진 않았을 것이다. 담당자님이 직업정신이 투철하거나 누구를 위해

서도 아니었다.

그저 고왔다. 그냥 마음이 고운 사람이었다.

난 너무 감사한 나머지 담당자님에게 단연 감사라는 단어를 몇 분에 한 번씩 내뱉었다. 그러자 담당자님은 손사래를 치며 내게 말씀해주셨다.

담당자 _ "아니에요, 이게 다 본인 인복이에요. 인성도 좋고 일도 잘 하셔서 그래요."

사실 태어나서 처음 들은 말은 아니었다. 비슷한 말을 들어 왔지만 가장 와 닿은 말 중 하나였다. 그 고운 마음씨로 곱게 이야기를 하던 담당자님은 그렇게 땀을 흘리며 다시 떠나가셨 다. 담당자님이 가신 후 난 세트장에서 한동안 나오지 못했다. 조금은 볼이 도드라지게 창피했고 부끄러웠다. 내가 정녕 저 런 고운 마음씨를 갖고 살아가고 있는가에 대해 생각해보았다. 내가 곱디고운 마음을 갖고 산다면 결국 좋은 일과 좋은 사람 들이 온다는 것을 느꼈던 시간들이었다.

일이 너무 힘들고 포기하고 싶은 순간들이 많을 때마다 이런 사람들의 말 한마디와 행동 덕에 힘들지만 계속 이어나가고 있는 것이 아닌가 하는 생각이 든다. 그 사람의 곱디고운 마음씨는 식물들의 향보다 강했다. 그 업체는 부부가 운영하신다고 하셨다. 어쩌면 그분들이 키우시는 것은 단지 식물이 아니라 마음일 수도 있다.

우리는 이 세상을 살면서 알고 있다, 각자가 보여주는 것들로 인해 좋은 사람을 만나고 그것이 모두 곱디고운 향과도 같은 마음이라는 것을.

episode 33

모든 순간은
타이밍과
함께 한다

어디선가 본 적이 있는 글귀가 있었다. 사람마다 때와 타이밍은 다르고, 살면서 선택과 결정의 순간은 이미 정해져 있는 것이라고. 그래서 자신이 선택한 그것은 원래부터 그것을 선택했을 것이라는 이야기를 봤다. 그래서 난 어느 순간부터인지 모르겠지만 들었던 말을 생각하면서 지내다 보니 마음이 조금 편해지는 경향이 생겼다. 버릇인지 병인지.

이곳에서 일을 하는 것도 그렇다. 분명 이 선택은 내가 했지만 이미 정해져 있는 결과물이었고 여기서 최선을 다한다면 나만의 타이밍은 곧 올 것이라는 생각을 한다. 지금 내가 잔병치레가 많은 것도 분명 모든 이유가 있을 것이다. 차라리 이런 생각을 하면 편하다. 그럼 내가 다음 결정을 할 때 편하고 좋다. 아마 좋은 결정법이랄까?

살면서 결정과 선택의 늪에서 살지만 그 사이에서 우린 수많은 타이밍을 지나쳐가고 있다. 더 완벽하고 완성된 타이밍을 기다리는 사람도 있는 반면, 미숙한 타이밍을 갖고 그 타이밍을 키워나가는 사람도 많을 것이다.

지금의 것에 의미를 찾고 머물러 있는 등의 모습도 충분히 괜찮고 좋지만 난 우리가 아직 타이밍이 오지 않았다고 생각한다. 지금의 힘듦과 포기가 다 이미 정해져 있는 틀 안에서 계획대로 움직이고 있다고 느껴보자.

취업 준비를 대략 4개월 정도 했다. 그땐 정말 많은 기업에 지원을 해도 연락조차 오지 않았다. 난 오지도 않는 연락을 붙잡고 붙잡아가며 마음고생을 정말 많이 했던 기억이 난다. 그때마다 원망할 수 있는 모든 사람들을 원망했다. 집에 들어가는 길에는 밤하늘에 대고 매일 이야기를 했던 생각도 난다.

마치 뭐가 잘못인지 모르는 것 같은 기분, 아침마다 일어나 핸드폰을 보고 다음은 노트북을 켜 자기소개서를 고치고 다음 기업에 지원을 했다. 계속 뽑히지 않을 때마다 도망을 가고 싶다는 생각도 했고, 아르바이트를 하면서 공부를 할까, 돈을 조금 모아 외국에 나갈까, 장사를 할까 등 정말 엄청나게 백만 가지 생각을 하며 살았다.

때가 지나고 나니 나만의 타이밍이 조금씩 오듯 여러 회사에서 연락이 왔고 내가 회사를 골라서 갈 수 있는 처지가 됐다. 만약 내가 그때 도망을 갔더라면, 아르바이트를 하면서 공부를 했더라면, 외국에 갔더라면, 지금의 생활을 하고 있었을까라는 의문이 들었다.

앞에서도 말했지만 글을 쓰는 것을 원래 좋아했지만 난 나의 가치를 안다. 절대 높이 사지 못하고 낮은 자존감으로 인해 내 글 자체가 하찮다고 느껴졌기 때문에 편히 쓰지 못했다. 단순히 모든 위로를 받을 때 그저 다른 작가가 쓴 글을 읽으며 위로를 받았다. 이토록 수많은 글이 세상 밖에서 나를 위로해 줬고 훌륭한 글이라고 생각했다. 그래서 글을 써야겠다는 생각은 딱히 해본 적이 없다.

하지만 한 번에 다가온 최악의 순간들 중 어느 날일 것이다. 갑자기 드는 생각은 "나도 글을 써서 나와 같은 사람을 위로해 야겠다"라고 느껴 써왔던 생각들과 함께 글을 펼치게 되었다.

힘듦이 왔고 글을 쓴다는 과정 자체도 어찌 보면 타이밍이라고 생각한다. 그때 그 일들이 벌어지지 않았더라면 내 글은 이렇게 기록으로 남겨지진 않았을 것이다. 모든 사람들에게 말하고 싶은 것은 하나다. 살아가는 순간마다 타이밍은 있을 것이다. 아직 타이밍이 오지 않은 사람들, 이미 와서 그 특권을 누리는 사람들.

사람마다 타이밍은 다르고 의미들도 다르기 때문에 너무 걱정하지 않아도 된다. 운명의 시대에서 많은 인연과 기억을 걷는 우리들은 타이밍이라는 자체를 잡지 말고 잡히도록 순간을 살자.

분명 올 것이다. 우리에게 타이밍은.

가끔은 잊고
살아도 좋다

지금 돌이켜보면 죽을 것 같은 날도, 웃음이 만개한 날도 기억이 나지 않을 때가 있다. 근데 무엇을 잊는 것 또한 그것이 때론 좋은 방법이라고 생각한다. 만약 우리가 그날의 시간과 분, 초 그리고 상대방의 표정과 내가 겪었던 일에 대한 것을 다 기억한다면 분명 큰 트라우마로 남을 것이다. 그것 때문에 더 아파하고 때론 더 좋아할 수도 있을 것이다.

사람의 뇌는 살면서 100%를 다 사용하지 못하고 죽음을 맞이한다는 이야기를 영화에서 본 적이 있다. 그때부터였는지 난 사소한 것까지 쉽게 기억하지 않으려고 한다. 참 웃긴 이야기다. 큰 상처를 입었거나 사고로 인해 기억을 잃는 사람도 있지만 자기 자신이 직접 쉽게 기억하지 않으려고 한다는 말, 다시 들어도 헛웃음이 나온다.

대학교 1학년 때 일이다. 벌써 6년 전 일이라 기억이 선명하지는 않지만 그때 엄마와 내가 처음으로 대학교 기숙사에 들어가면서 떨어진 기억이 난다. 당시에 엄마는 내 앞에서 울었다. 자기 자식을 타지에 두고 올라와야 하는 걱정과 막내아들이 과연 잘할 수 있을 것인지에 대한 의문점으로 가득 싸여 눈물이 흐른 것 같다.

그것이 내가 생각하는 첫 번째 이별이었다. 나도 엄마가 울고 간 후 혼자 기숙사에서 편히 쉬지 못한 채로 시간을 보냈다. 뭐랄까, 지금껏 느끼지 못한 서툴고 어색한 이별이라 그런 것 같다. 그 첫 번째 이별을 생각하면 마음이 미어지지만 잊고 살아왔기 때문에 다른 이별에 더욱 덤덤하게 받아들이고 지내는 것 같다.

정말 좋아하던 연인과 헤어졌을 때, 모든 것이 무너질 것만 같았고 숨이 쉬어지지 않을 정도로 보이지 않는 무언가가 날 죄어왔다. 흐르는 시간들이 평생 안 잊힐 것 같았고 억장이 무너진 정도가 아닌 아파 사라질 정도였다. 하지만 지금은 기억나지 않는다. 어쩌면 억지로 그 기억을 하지 않는 것일 수도 있다. 아픔을 다시 끄집어내는 사람은 이 세상에 없으니.

작년 11월에 할아버지가 돌아가셨고 벌써 7개월이 지났다. 아직은 그 사람의 모습이 생생하지만 내 기억 속에서 점점 흐릿해진다. 당시에는 장례 3일 내내 영정 앞에서 울었고, 떠나보내는 마지막 날까지 눈물을 흘렸다. 아직도 그를 생각하면 눈물이 난다. 하지만 기억이 그때보다 잔상처럼 희미하게 남아 있는 이유는 잊고 살아가기 때문이다.

이처럼 수많은 기억들이 점차 기억되지 않는 이유는 고의도 타의도 아닌 자기 스스로가 무엇을 더 강하게 버티도록 그리고 견디게 만들기 위해 흐릿하게 잔상만을 남기는 것이 아닌가, 하는 생각이 든다.

그때는 죽을 듯이 힘들고 포기하고 싶은 순간들이 있더라도 잊고 살아가는 이것이 좋다. 우리는 가끔 모든 것을 점차 잊고 살지만 그 잊고 사는 것의 의미는 잊지 않는다.

첫 이별에 대한 의미, 연인을 떠나보내고 난 뒤 느낀 의미, 슬픔을 감당하는 법의 의미 등, 여러 가지가 있다. 잊고 살지만 얻은 것은 분명하다. 이별이 내게 무엇을 주었고 그때 엄마라는 존재가 내게 주었던 잠깐의 사랑과 따스한 눈빛은 평생토록 기억에 남을 것이다. 좋아하는 사람과의 이별에서 얻은 방법, 상처받아도 다른 사람과 만나 그 사람에게 오로지 올인하고 당시에 최선을 다해야겠다는 것, 후회하지 않는 방법까지. 하늘에 있는 천사들 곁으로 간 그가 준 인생과 삶까지 기억 속에 몇 가지만을 남기고 있다.

살면서 수많은 것을 잊고 사는 것도 꽤 좋은 방법이다. 우리 인생 속에서 엄청나게 여러 가지 것들과 흐르는 시간 동안 많은 일들이 일어날 것이다. 다 기억할 필요는 없다. 가끔 잊고 살아도 좋다. 하지만 의미는 잊지 말고 살았으면 좋겠다.

삶의 의미 같은 진부한 이야기보단 기억의 의미만은 남기자.

많은 날이 지나도
우리 모습은 변치
않을 것이다

　지치고 지쳐 누구 하나 내 곁에 없을 때 지금 이 구절의 글을 힘든 그 사람이 읽었으면 좋겠다. 밖의 날씨는 마음을 몰라주는 듯 너무 화창하고 좋다. 밖에 나가서 놀고 싶지만 그럴 힘은 없고 상황이 따라주지 않을 때가 많다. 그럴 때마다 힘내라는 말보다는 가끔 쉬어가자라는 말을 하고 싶다.

　산다는 것은 축복인 것 같다. 축복 속에서 사는 우리는 태어난 순간부터 많은 나날들을 보낸다. 누군가의 자식으로, 형제로, 남매로, 친구로, 동료로 더 시간이 지나 누군가의 다시 부모가 되고 그 부모는 늙어 더 큰 가족을 만들곤 한다.

그 무수한 날들이 지나며 겉모습은 다 바뀐다. 당연히 내면도 바뀔 것이지만 우리가 갖고 있는 것들은 분명 변치 않을 것이다. 철없던 시절을 보내며 손으로 셀 수 없을 만큼 추억을 갖고 생각을 한다.

본질적인 모습을 잃고 살아갈까 봐 두려움을 느끼는 사람도 많다. 시간이 지나 자신이 늙고 본모습이 기억나지 않는 사람들도 많다. 태어나 누군가의 자식으로 부모에게 기쁨을 주던 날들, 가족의 모든 사랑과 관심은 그대였을 것이다. 그대가 아프면 그대의 부모는 노심초사 밤을 지새워가며 보살펴 그대가 더 올바른 길로 가도록 인도했을 것이다.

친구들과 철이 없던 시절을 보내면서 학창 시절 즐겁고 행복한 기억들을 하나하나 쌓아두었을 것이다. 그땐 그랬지라며 푸념하듯 말할 수 있었던 날들이 있었기에 그대도 있다.

연인을 만나 누군가의 부모가 된 그대는 결국 돌고 돌아 다시 같은 삶을 살아간다. 본모습은 늙고 시간이 지나 달라질 것은 분명하다. 사람이 살아가는 이치에서 시간을 보낸다는 것은 자신의 내적인 모습을 갖추고 외적인 모습이 변형된다는 것과 똑같다. 그것은 인생의 순리이다. 거스를 수는 없지만 우리는 결국 영원한 것이다. 시간을 거치고 거쳐 불안정한 시대를 살아온 우리는 비록 순리를 따르지만 자기 자신이다.

그대가 그대 부모의 사랑이자 전부였던 자식인 것은 어디서도 변하지 않는다. 그대가 겪은 철없던 학창 시절은 흐릿해져만 가겠지만 말썽 가득한 표정으로 학업에 열중하며 친구들과 지낸 그 시절은 절대 변하지 않는다. 그대가 연인을 만나 다시 부모가 되는 서약의 그날도 절대 변하지 않는다.

그 시절 그대로 가듯, 밤하늘의 별이 몇천 개가 바뀌고 여러 행성이 돌고 돌아 춥고 덥고 따뜻하고 쌀쌀한 냄새의 계절들이 연속되면서 지나도, 피부에 닿는 공기마저 바뀌고 내 인생에서 중요한 것들이 변해도 그것만 기억했으면 좋겠다.

우리는 시절이 지나도 그 모습 그대로 변치 않을 것이다. 그대가 지금 느낀 보이지 않는 무언가의 소중함, 눈으로 보며 웃음을 지었던 아름다움, 그리고 우리의 빛나는 시간들과 앞으로 보낼 기대감.

이 모든 것은 변치 않는다. 그러니 지금을 간직하고 멋있는 인생을 살자. 그대가 무엇을 하든 우리는 그리고 모두는 여전할 것이다.

PART

8

성장

존재 자체를
사랑하자

이번 단락은 뭐랄까, 읽는 사람들이 조금 잔잔해지는 이야기를 쓰고 싶어 예전부터 느꼈던 좋은 감정에 대해 쓸까 한다. 난 이 세상을 살아가면서 많은 것을 사랑한다. 사랑이란 것은 내가 상대방을 좋아하고 무언가 내 인생을 나눠줄 수 있는 감정을 이야기하기도 한다. 하지만 난 그것을 지칭하는 사랑을 이야기하는 것이 아니다.

간단한 의미부여라고 할까? 그냥 느끼는 모든 것을 사랑한다는 것은 신비하고 내 스스로 더 좋은 감정을 낼 수 있게 만들어준다. 세상에 필요 없지 않은 것은 없다. 앞으로 더 나아가

필요 없는 사랑은 없다. 마음을 열고 산다는 것 자체만으로도 많은 것을 느낄 수 있지만 사랑을 하자. 그리고 그냥 그것들을 느껴보자.

난 부모님을 사랑한다.

사랑하기에 오늘도 내일도 안부전화와 문자를 할 수 있다고 생각한다. 굳은살이 많고 처진 어깨를 가진 우리 아빠를 사랑한다. 엄마라는 존재 자체를 사랑한다. 몇 달을 끙끙 앓고 앓아서 낳은 날 볼 때마다 눈웃음을 지으며 보는 그 눈빛도 사랑한다.

이 세상의 맛있는 음식을 사랑한다.

먹음직스럽고 맵고 짜고 단것을 사랑해서 매주 무엇을 먹을까라는 고민을 자주 한다. 그 고민을 하는 시간이 참 행복하고 단순하지만 좋아한다.

고양이와 강아지를 사랑한다.

크고 작은 존재만으로도 우리에게 친구가 되고 동료가 된다. 때로는 가족이 되고 동반자로서 우리에게 힘이 된다. 애교를 부릴 때면 쌓여 있던 눈이 녹듯 내 마음도 녹는다.

커피를 사랑하고 글을 사랑한다.

커피를 먹으며 다른 사람의 글을 보는 것은 좋아하지만 내 글을 쓰면서 커피를 먹는 건 더 사랑한다. 그 중간에 느끼는 여유로움과 널찍함의 미덕은 마치 이 복잡한 세상에 나 혼자 있는 것 같은 느낌이 든다.

운동을 사랑한다.

땀을 흘려가며 활동적인 운동을 하면 왠지 내 건강이 더 좋아지는 기분이 든다. 그냥 사실 진짜 몸이 건강하진 않지만 건강해지는 느낌을 사랑해 운동을 끊을 수가 없어 꾸준히 하는 중이다.

글을 쓰면서도 참 사소한 것도 사랑한다고 내심 느끼는 하루다. 기분상 좋으라고 사랑을 한다. 근데 그 기분이 때론 내 모든 것을 좌우한다. 기분을 움직일 수 있다는 것은 내가 생각했을 때 아주 크고 중대한 일이라고 생각한다.

하루의 기분에 따라 컨디션과 생각, 마음가짐들이 달라지듯 그 중요한 일을 사랑이 하고 있다. 그러니 존재 자체를 사랑해보자, 그럼 그것들에 대한 중요성을 알게 될 것이다.

사물이 아닌 상대방도 사랑해보자. 그, 누군가의 눈썹과 보조개, 입꼬리를 사랑하자. 바람과 햇빛이 공존하는 계절을 사랑하자. 그 계절에서 일어나는 모든 일들을 사랑하자. 조금 더 나은 인생을 살기 위해 허우적거리는 모두가 사랑이 바쁘다는 소리는 거짓말이다. 나를 위해 존재를 사랑하자, 그 모든 것들도 날 사랑해줄 것이다.

그리고 나 혹은 내 자신을 사랑하자.

사람이 주는
영향에 대해

　가끔 타인을 보며 영감을 얻고 그 사람의 영향을 받는 사람이 있을 것이다. 아니 대부분이 그럴 것이다. 그 사람이 한 사람의 부모일 수도 있고, 스승, 선배, 친구 등 위에서 영향을 줄 수 있는 단어들이 그렇다.

　이 세상을 살아오면서 수많은 사람을 만났고 그 많은 사람에게 영향을 받아오며 살았다. 슬프고 힘들어 검은색이 가득한 곳에서 빠져나오지 못할 때 항상 영향을 받는 사람들 덕에 빠져나와 힘차게 살고 있는 중이다.

　대학교를 다니면서 교수님들과 각 담당 부서 선생님들에게 영향 받고 많이 배웠다. 열정을 갖고 무언가를 꿈꾸는 일, 남을 생각하고 진정으로 가르치는 것들에 대해, 무엇이 되지 않더라도 사소한 것에 힘이 돼주는 방법 등을 배웠다.

부모에게서 누구를 아끼고 세상을 살아가는 방향을 배웠다. 친구와 동료에게서 '같이'라는 단어를 배웠고 내 삶이 같이보다 더한 가치를 보태 빛이 나는 세상을 지내는 방법도 배웠다. 단순히 배웠다는 것을 알리기 위해 글을 쓴 것은 아니다. 영향을 받아 이만큼 내가 성장했다고 말하고 싶다. 단순히 혼자 힘으로는 절대 할 수 없는 것들은 천하에 널렸다.

취업을 하고 회사에 오면서 정말 많은 것에 영향을 받았고 그 영향력이 내게 미치는 힘이 정말 크다는 것을 사실 이 시기쯤에 느낀 것 같다. 처음엔 잘 몰랐고 의미에 대해 모르고 살아왔지만 현저하게 느낀 지금은 영향력이 내게 굉장히 중요한 요인이라고 생각한다.

시간이 지나 회사를 다니며 너무 지치고 힘들었다. 얼마 지나지 않아 새로운 임원분이 오셨고 그분을 잘 따랐다. 이유는 임원이었고 나보다 훨씬 더 이 바닥에서 많은 경력을 가졌기 때문이다. 당연히 순리대로 따르는 것이 맞기에 그렇게 했다.

그런데, 한 가지 놀란 점이 있다. 평소대로라면 경력이 적은 내게 대부분의 존중은 거의 없다. 있어도 시간이 얼마 지나지 않아서 다른 사람과 대우는 똑같다. 하지만 이번에는 달랐다. 뭐랄까, 상냥하다는 표현보단 부드럽다는 표현을 쓰고 싶었고 아는 척이라는 단어보단 똑똑한 머리를 가졌다는 단어를 쓰고 싶다.

애초에 잘할 수밖에 없는 경력이지만 시간이 몇십 년이 흘러도 상대방을 대하는 태도는 여전했고 갖고 있는 지식을 우리에게 나누어주듯 했다. 자신을 뽐내기보단 우리를 더 생각해주었다. 우리가 하는 것에 대한 당연함이 없듯 나서서 하기보단 자신의 자리에서 맡은 역할을 묵묵히 해주었다. 그래서 집에 돌아오면서 많이 생각했던 적이 있다. 시간이 지나 내가 느낀 감정과 생각을 남에게도 느끼게 해주고 싶다는 마음이 들었다. 그 사람의 엄청난 영향력으로 인해 내 자신이 바뀌어야겠다는 다짐한 것이다.

시간이 지나고 나이가 들 때마다 내게 영향력을 주었던 사람에게 감사하다. 그래서 우리는 그렇게 완성된 삶을 살아가는 것 같다. 결국 본인이 기른 태도와 능력은 충분히 전달할 수 있는 무기가 되고 수없이 다양한 사람들을 지나치며 여럿에 관해 영향을 받게 된다.

살면서 본인은 영향을 주는 부분일 수도 있고, 영향을 받는 쪽에 속할 수도 있다. 그것이 무엇이건 좋은 영향을 통해 본인이 확실히 변화할 수만 있다면, 그리고 그것들을 통해 남에게 선한 영향을 끼친다면 그것보다 중요한 것은 없다고 생각한다.

친구와 부모, 동료 그리고 시간을 보내는 동안 사물 등 여러 가지를 통해 받는 귀감이 삶의 영감으로 떠올라 세상 속을 잘 헤엄쳐 나갔으면 좋겠다. 생활하며, 본인이 상대방에게 주는 영향력의 의미는 굉장히 큰 부분으로 차지한다. 본인도 충분히 누군가에게 영향력을 줄 수 있는 사람이다. 그러니 그 영향에 대해 의구심을 품지 말고 먼 길을 가깝게 가길 바란다.

이 책도 여러분에게 좋은 영향력이 되길 바랄게요. 대단하진 않고 화려하지도 않습니다. 하지만 저도 책을 통해 감정을 공유하고 위로받았으니 제가 이젠 여러분을 위로할게요.

서로가 좋은 원동력을 갖고 살아가요.

episode **38**

포기라는
의문이
들 때

방송 일을 하다 보면 사실 수많은 사회 초년생들이 그만둔다. 쉽게 사람을 뽑고 쉽게 사람이 나가는 곳이 방송인들의 특성이라고 할 수 있다. 워낙 힘든 스케줄로 인해 정신적, 육체적 고통을 참지 못하고 나가버린다. 방송에 뜻이 있어서 온 사람들도 그만두는 곳인데 방송에 뜻도 없는 사람들은 오죽할까.

학교 다니면서 취업에 대해 쉽게 생각했지만 막상 취업을 하고 나니 드는 생각은 하늘의 별 따기였고, 쉽게 생각하면 절대 안 되겠다고 느꼈다. 힘들게 된 취업이기에 내 주변 모두가 취업으로 힘들어하고 있을 때 자주 공감했다. 나도 같은 길에서 힘들어했고 절망의 끝에서 몸부림쳤기에 더욱 위로해주고 싶었다. 그리고 취업에 성공했다고 했을 때 같이 기뻐해줬다. 마치 내가 회사에 붙었던 것처럼 너무 기뻤고 축하해주고 싶었다. 그게 전부였다.

주변 친구들은 대부분 미디어와 관련이 있거나 비슷한 직업을 가졌고 몇몇의 친구들은 다른 길을 선택해 다른 직종을 다니고 있다. 아니나 다를까, 너무 힘든 나머지 일을 그만두고 싶다는 친구들이 수두룩했고, 이미 그만둔 친구도 있었다. 심지어 타지에서 와서 방 계약을 다 했지만 일을 나온 주변 사람들도 많다.

아는 동생이 얼마 전 나와 같은 직종의 다른 회사를 다녔지만 그만두었다. 동생이 붙었을 때 같이 기뻐해줬고 내가 사는 자취방 주변으로 방을 잡았을 때 같이 밥도 먹고 커피도 마시며 시간을 보냈다. 서로가 타지에 와서 힘들지만 이럴수록 같이 있으면 힘이 되기에 자주 불러 기분전환을 시켰다. 밤에 차를 끌고 한강에 가 스트레스를 푸는 일도 종종 있었다.

마음은 여린 친구였기에 더욱 안쓰러움이 가득했던 동생 중한 명이었다. 한 달이 조금 지났을 때 동생에게 들었다. 일이 너무 힘들다고, 일도 힘들고 같은 회사를 다니는 상급자들이 일에 효율성이 떨어져 자신이 속한 팀의 팀원들이 너무 곤란한 적이 많았다고 했다. 종종 이런 이야기를 들은 적이 있었지만 그때마다 같이 공감을 해주곤 했다. 그러고는 시간적으로 돌리는 로테이션도 너무 불편했고, 더군다나 입사 동기는 자신보다 어리지만 성격이 정반대였다고 했다.

동생은 자신이 한 일을 티 내거나 사회생활을 잘해도 조금은 낯을 가리는 편이었다. 하지만 입사 동기는 전혀 그러지 않았고 조금을 해도 티를 내 자신을 뽐낼 줄 알았다고 한다. 사실 이것도 사회생활을 하면서 하나의 방법이라고 생각한다. 그래서 그 덕에 동생은 자주 눈 밖에 났었다.

모든 것이 힘들고 지쳐 결국 그만두고 싶다고 전화가 왔다. 이럴 땐 어떻게 했으면 좋겠냐고 했을 때 사실 말하기가 어려웠다. 앞 장에서도 말했지만 내가 한 조언이라 치고 말한 문장과 언어들이 상대방에게 아주 중요한 결정을 하는 데 계기가 될 수 있기 때문이다.

그 결정에 후회가 없으면 도움이지만 땅을 치고 후회를 한다면 그건 어디까지나 얄팍한 조언을 해준 내 잘못이 클 것이다. 동생에게 그런 공경에 빠지게 하고 싶지 않았다. 말을 머뭇거린 시간에 동생이 또 이야기를 꺼냈다.

관두면 방 계약은 어떡하고, 당장 백수가 되는 건데 막막하고, 돈은 어디서 벌고, 쭉 자신이 걱정하는 부분들을 나열했다. 정말 내가 이번 연도 중에서 들은 말 중 가슴이 너무 아팠다. 미어터질 정도로 기분이 좋지 않았다.

자신의 결정으로 인해 수많은 시선과 따라올 대가가 걱정돼 그 힘듦을 다시 한번 겪어야 된다는 사실에 한동안 말을 할 수가 없었다. 나는 수화기 너머로 먼저 말했다. 절대 내가 너에게 말하는 것은 너의 결정에 잣대를 주는 것이 아니고 내 생각을 이야기하는 것이라고.

> 나 _ "난 네가 어디 가서 존중받았으면 좋겠어, 그렇게 널 존중해주지 않는 곳에서는 다닐 필요가 없다고 생각해, 내가 대단해서 자격을 운운하는 것이 아니야, 그리고 한 가지 더 이야기하고 싶은 건 어디도 정답은 없어, 너의 선택에 절대 후회하지 마."

자신의 생각에 큰 도움이 됐다고 이야기를 했고 동생은 결국 다음 날 그만두었다. 그만두는 날까지 자신이 속한 회사는 동생을 존중하는 경향을 하나도 보이지 않았다.

모든 선택에는 결과가 따르고 그 결과가 무겁고 가볍고의 차이를 정해줄 수 있는 사람은 아무도 없다. 자신이 선택한 이것이 포기라는 단어를 붙이며 도중에 끈을 놔버린 것이 아닌 건지, 남 혹은 회사의 시스템으로 인해 그만두는 것이 싫지만 너무 힘들어 나가버리면 그 사람들 때문에 자신이 진 기분이 드는 것이 싫어서 계속 다닐 수도 있다.

하지만 포기라는 단어를 붙이기엔 우린 아직 넓고 존중받을 수 있는 사람들이다. 절대 포기를 했다고 해서 누군가 당신에게 손가락질을 하고 욕을 하면서 이래라, 저래라 잣대를 댈 수는 없다.

인생은 길고 길다. 긴 인생 속에서 수많은 포기가 있을 것이고 그것이 때론 내게 좋은 약이 될 수도 있다. 무조건 포기가 답이라는 것은 아니지만 좋지 않은 포기라는 것은 없다는 것을 알려주고 싶다.

하루에도 몇십 명이 포기를 하고 새로운 시작을 한다. 새로운 시작을 위해서는 가끔은 포기를 해야 되는 상황이 생길 수도 있고, 다른 타이밍으로 출발을 할 수도 있다. 길 끝에서는 아무도 모른다. 포기라는 의문이 들 때는 새로운 것에 기대어 가자.

꿈이
무너지는
순간

어릴 적부터 아주 친했던 동네 친구들이 있다. 항상 모여 삼삼오오 떠들곤 했던 철이 없는 꼬마들이 모두 커서 옛날 추억을 살려 이야기를 자주 하곤 한다.

각자의 길을 걷는 친구 중에 소방공무원을 준비하는 친구가 있었다. 소방관이 꿈이라던 친구는 대학교를 소방과 관련된 학과로 갔다. 그 이후 소방시험에 가산점을 갖고자 해병대를 직접 자원해 갔다 왔다. 그러고는 소방시험을 누구보다 열심히 준비했다.

친구는 워낙 우리와 있을 때는 활발하지만 과묵한 성격을 지닌 편이다. 남자다운 성격이었고 운동도 아주 잘했다. 그중 특히 축구를 잘해 소문이 많이 났던 친구다. 그만큼 끈기 있는 성격으로 그 친구가 난 뭐든 잘할 수 있다고 생각했다.

기약 없는 기간 동안 시험을 위해서 준비와 공부를 하고 자기 시간을 투자한다는 것 자체가 난 대단한 일이라고 생각한다. 그 대단한 일을 내 친구가 하고 있었다. 1년에 한 번 있는 시험에서 떨어질 때마다 낙심한 마음은커녕 더 준비해서 다음 거를 잘 보면 된다고 했던 태도는 내가 정말 이 모습을 배워야 할 정도로 존경스러웠다.

이번 연도는 코로나19로 인해 밀린 시험을 준비하느라 바빴고, 시험 일정이 결국 나왔다고 들었다. 미리 듣고는 달력에 적어두었다가 전날 꼭 잘 보라는 응원의 전화를 주었다. 그리고 오늘 결과에 관해 물어봤다.

결과는 이번에도 떨어졌다고 했다. 이번에도 도전하겠지라는 생각에 의사를 물어봤는데 이젠 시험을 준비하지 않고 다른 것을 생각한다고 했다. 조금 놀라기도 했고 충격적이었다.

지금까지 잘 준비했지만, 그것이 너무 오랜 기간 친구를 옭매였을지도 모른다는 생각이 들었다.

내 친구는 훌륭한 소방관이 될 수 있다. 하지만 이것에 대한 자격과 잣대는 시험으로 판단되는 것이기에 더욱 안타까움이 가득했다. 친구와 전화를 하는 내내 여전히 씩씩했다. 친구는 내게 말했다.

친구 _ "나 괜찮아. 내가 뭐 이런 거로 힘들어하냐?"

라는 문장을 힘차게 이야기했다. 겉으로는 다행이라고 이야기했고 결과보단 과정에서 빛이 발했으니 됐다고 했지만 내 속은 너무 아팠다.

친구의 꿈은 결국 오늘 조금 무너지는 날이었다. 꿈이라 하면 흔히 자신이 생각하고 펼칠 수 있지만 많은 사람이 시간적 여유와 비용적 여유 등 여러 가지 조건으로 인해 결국 포기하는 경우가 많다. 난 친구에게 말해주고 싶다. 당연히 결과도 좋으면 웃음 짓겠지만 그 시험으로 인해 너의 꿈이 무너지지 않았으면 좋겠다고, 지금은 꿈꿔왔던 것들을 접겠지만 네가 새롭게 꿈꾸는 것이 이젠 새 꿈이니 걱정하지 말라고, 그리고 너무 고생했다고 말해주고 싶다.

과정이라는 것들은 무엇이 됐든 값지고, 어디서도 얻을 수 없는 것들을 충분히 얻었다고 생각한다. 그러니 지금은 실패했어도 과정에서 얻은 무언가를 충분히 세상 밖으로 빛을 낼 수 있는 차례가 올 것이다.

하루에도 몇백 명, 몇천 명의 꿈이 무너진다. 그렇게 꿈이 무너지는 사람들을 위해 모두가 충분히 공감하고 같이 아파할 수 있었으면 좋겠다. 우리는 꼭 이루고자 하는 것이 아니더라도 자신이 생각하고 그것을 펼치면 꿈이 되듯 무너지는 꿈을 제쳐두고 다른 꿈을 충분히 꾸는 자격을 갖고 있다.

누구도 당신의 꿈에 잣대를 대고 자격을 운운할 수 없을 것이다. 답답하고 숨이 막힌 순간들이 지나면 분명 빛바랜 꿈들이 끝에서 기다리고 있을 것이다.

있잖아, 너 진짜 잘했어. 그동안 정말 고생했고 수고해서 더 화려한 꿈을 꿀 수 있도록 옆에서 응원할 게, 평생을 너의 친구로. 그러니까 우리 꼭 성공하자!

어른이
된다는 것은

"어른이 된다는 것은 다이빙과 같다. 그냥 뛰어들면 된다. 그러곤 그 강 주변에는 돌, 모레 등이 있다."

어제 영화 한 편을 보았는데 그 영화에서 나온 대사 중 하나였다. 영화가 너무 재밌었지만 영화관에서 나오는 순간 그 대사가 제일 기억에 남았다.

지금의 난 충분한 어른이 되었다고 생각했지만 전혀 그렇지 않은 것 같기도 했다. 듣지도 못한 쓰라린 사연과 가슴 아픈 한구석이 있어야만 빨리 어른이 된다는 법은 없다. 넘어지고 일어나 상처가 생겨야만 어른이라 칭하는 것도 잘못된 듯 우리는 그렇게 평소와 같은 시간들이 흘러 어른이 된다.

학교를 다니던 시절 어른이 되기 무서웠다. 마치 작은 나무가 큰 산이 될 것만 같았다. 무서운 마음도 있지만 하루빨리 자유를 갈망하듯 할 수 있는 것들이 많아진다는 점에 매혹적이었다.

막상 시간이 지나 어른이라 칭하는 나이가 되니 얻는 것보단 잃는 게 더 많았고 가진 것보단 버려야 할 것이 많았다. 자유보단 그것들을 지키기 바빴고, 행복함도 많았지만 그만큼 책임감이 더 따랐던 시간들의 연속이었다.

생각보다 어른이라는 것이 씁쓸하기도 하고 미묘하기도 했다. 유치원 때는 맞지도 않는 부모의 옷을 입으며 어른을 흉내낸 적도 많았다. 가끔 지금의 내가 어른인지, 아직 더 커야 하는 건지 혼란스러울 때도 있다.

부모에겐 한없이 어린 자식이지만 후배들이나 주변 시선에서는 이미 내가 다 큰 어른일 것이다. 가끔 살아간다는 것이 두렵다. 누구에게나 말 못 할 사정이 있듯 지금의 속마음도 절대 말하지 않았던 것이다.

시간이 지날수록 조급함과 두려움으로 잠을 설친 적도 있다. 내 주변의 소중한 사람을 잃을까 봐 전전긍긍하면서 지내는 흐름이 이제는 마주치기 무서워 항상 도망치려고 한다. 이것이 어른이 되기 위한 절차라면 어른이 되고 싶진 않다.

감당할 것이 점차 늘어가는 이 순간에 어떤 생각을 갖고 살아가는 건지 모르겠다. 영화 속 말처럼 그냥 다이빙을 하듯 뛰어들면 되는 것인지에 대해서도 의문점이 있지만 주변에 돌, 모래 등이 있다면 가끔은 외롭지 않을 것이다.

인생은 예술과도 같다. 그렇게 화려하고 빛나는 우리는 항상 주인공일 것이다. 지금의 나처럼 어른이 되는 것을 절대 두려워하지 않았으면 좋겠다. 어른이 된다면 자신이 해야 할 일들이 늘어나고 누군가를 지키고 남을 위해 살아야 하는 시간도 많아질 것이다. 하지만 그것이 어쩌면 정해져 있을 수도 있다.

어른을 두려워하기에는 예술과 같은 삶을 사는 우리가 너무 아깝다. 그러니 영화 속 말처럼 다이빙을 하자, 그냥 뛰어들자.

환상적인 바다에서 더 완성된 어른이 되기 위해 살아갔으면 좋겠다. 그런데 어쩌면 우리는 이미 어른일지도 모른다.

그 어른이라는 삶 속에서 무엇인가를 끊임없이 찾기 위해 그리고 그 해답을 찾으면서 성장할 수 있도록 만들어진 틀일 수도 있다.

PART

9

파도처럼 흐르가듯

~~~~~~~~

표현은
못 해도
감사한 그대들에게

원래는 지금 쓰는 이 글이 책의 마지막 장에 들어가야 할 차례였고, 감사한 모두에게 생각해둔 말이 다 있었다. 하지만 빨리 쓰고 싶었던 마음도 있었고, 왠지 마지막에 하기엔 작별 인사 같기도 했다. 평소 겉모습과는 다르게 쑥스러움이 많아 그런지 이제야 감사한 그대들에게 글로써 남긴다.

지금까지 살면서 고마운 사람들이 너무 많다. 사실 표현을 잘 못 하는 성격이었다. 그래서 매번 후회한 적이 많았기에 표현을 많이 하려고 노력을 하는 중이다. '고맙다', '사랑한다' 등 누구에게나 호의적이고 감사함을 나타내는 말은 아름답다.

지금 난 한 편의 영화 같은 삶을 살고 있다고 생각한다. 그 영화 속에서 정말 다양한 사람들을 만났다. 그 사람들 덕에 지금의 내가 있었다. 아무것도 할 줄 몰랐던 내가 뭐든 할 수 있을 것 같은 사람으로 만들어진 것은 분명 주변 사람들 덕분이라고 생각한다.

학창 시절에 친구들의 영향을 많이 받았다. 친구들 덕분에 학창 시절 좋은 추억을 쌓았다. 시골에 살던 우리는 어릴 적부터 지금까지 쭉 친구로 지내왔다. 그 친구들과 수없는 시간을 보냈다. 울고 웃으며 내 어린 시절을 나누던 친구들에게서 추억을 쌓고 철없는 시절에 배웠다. 정말 친구가 무엇인지, 그리고 친구에게서 얻는 것이 무엇인가에 대해 고심하던 날은 결국 지금의 나를 만들어줬다. 만나서 가끔 옛이야기를 하며 떠드는 시간들 속 우리의 추억은 더욱더 무르익어 간다.

대학 시절은 하나를 배우기 위해서 갔지만 수십만 가지보다 더 많이 배웠고 나날들이 값진 순간이었다. 첫 성인이 되고 난 후 타 지역에서 온 친구들과 많은 경험을 했다. 성인이 된 후 진짜 부모의 심정을 알고, 더 이해하기 위해 공부를 시작했고, 그 결과 대학교를 졸업할 때까지 여러 번 장학금을 받으며 다녔다. 대학 친구들과 성인답게 술도 많이 마셔보고 시간이 날 때는 야간에 영화도 자주 보러 다녔다. 같은 과 이외에 타 과 친구들과 놀기도 해봤다. 매일을 축구를 하며 땀 흘려 지냈고, 여러 동아리 활동과 학과 활동을 하며 지냈다.

다양한 임원을 하며 여러 사람을 만났고 또 배움의 연속이 었다. 말은 하지 않았지만 대학 시절을 통해 정말 한 번도 후 회한 시간들이 없었다. 지방 대학을 가는 바람에 본집에는 자 주 못 가서 아쉬웠지만 그 밖의 대학 생활은 내 인생에 있어 서 3할은 차지한다.

대학에서 만난 친구들은 내게 내 스스로가 빛을 낼 수 있는 법을 알려주었고 교수님들과 학교 관계자 선생님들은 그 빛이 더 반짝일 수 있도록 도와주었다.

자주 가는 고깃집 사장님과 이모 그리고 밥집 이모는 나를 아들처럼 생각했다. 점심과 저녁을 다른 가게를 번갈아가면서 먹으며 나도 부모와 같이 따랐다. 그 사람들에게서 정을 배웠 고 그 정을 남에게 베풀 줄 아는 사람이 되었다.

사회에 나와 심각한 회사 사람들에게서 사회에 대한 쓴맛을 배웠고, 부정을 배웠다. 결국 이 부정을 내가 겪고 다른 내 동료들과 공감할 수 있는 방법을 터득했고 버텨나가며 살아가는 방식도 나름 깨달았다.

내 인생에서 가장 중요한 가족에게 지금까지, 그리고 배울점이 참 많겠지만 아직도 가족의 사랑을 배우는 중이다. 부모에게서 받은 사랑은 시간이 흐른 훗날 내 사람들에게 사랑을 줄 수 있을 것 같다. 누나들에게서 동생을 아끼는 법을 배워 나도 남을 내 동생처럼 아낄 줄 알게 되었다. 가족이라는 공동체를 배웠고 그 공동체가 얼마나 중요한 건지도 느꼈다.

글로 풀어 쓰자고 하니 두서가 없어질 것 같고 너무나 많은 사람들에게 감사를 표현하고 싶지만 이것으로도 충분하다고 생각한다.

우리는 살면서 무수한 사람을 만나고 그 사람들에게 배운다. 그들에게 가끔은 감정표현을 하지 못해서 후회하는 삶을 살아가는 날도 있을 것이다. 책을 읽는 그대들이 절대 그런 삶을 살지 않았으면 좋겠다. 지금도 주변 사람들에게 많이 배우고 있는 그대들이라면 조금의 표현이라도 나타내줬으면 한다.

지금까지의 나는 절대 혼자서는 만들 수 없는 상황들이 많았다. 어려움을 겪고 곤란에 빠져도 항상 누군가가 도와줬다. 희로애락을 느끼며 울고 웃고 다시금 인생을 살아가는 모두에게 정말 고맙다는 표현을 하고 싶다.

아름다운 인생이다. 낮에는 해가 뜨는 밝은 세상 속에서, 밤에는 검은색이 가득한 우주 속에서 낭만의 삶을 충분히 즐길 수 있노라면 난 당당하게 말하겠다.

"혼자가 아닌 내 인생을 함께한 그대들과 함께 즐기겠다고."

때론 나의 부모, 나의 누이, 나의 형, 나의 동생, 나의 동료 그리고 나의 인생이자 동반자인 사람들에게 못 한 표현을 여기서 하는 것 같다.

고맙습니다. 앞으로도 고맙습니다.

한없이 주고
또 주는

지난주 주말에 일이 일찍 끝나 집에 다녀왔었다. 대부분 방송 일을 하는 사람들은 알겠지만 시간에 치여 살다 보니 내 시간을 챙기는 일이 어렵다. 자연스럽게 일찍 가고 늦게 끝나는 일은 일상이 돼버린 지 오래다. 항상 피곤하다 보니 자주 밖에 나가지 않고 쉬는 날에는 집에서 휴식을 취하는 일도 종종 생긴다.

큰누나가 조카를 낳은 이후부터는 자주 집에 가려고 한다. 갈 때마다 날 보면 울지만 그래도 삼촌이라는 직책을 맡고 난 후에는 조카에게 내 얼굴을 자주 보여주려고 간다.

앞에서도 말했지만 부모에게 표현을 자주 하려고 노력하다 보니 문자나 전화를 자주 한다. 집에 가서도 아빠와 엄마에게 많이 대화를 하고 좋은 말을 서로 해준다. 망치질과 기름칠을 해야 하는 부모님의 직업은 사계절을 따지지 않는다.

매일 가게를 지키는 엄마와 출장을 나가는 아빠는 더우나 추우나 일을 한다. 그래서 더우면 더운 대로 추우면 추운 대로 자식들이 걱정을 한다. 유독 더위를 많이 타는 아빠를 닮아서 그런지 나도 더위를 심하게 많이 탄다.

여름에 들어선 지금 자주 아빠와 엄마가 걱정이 돼서 어제도 문자를 보냈다. 집에 갔을 때 아빠는 기분 좋게 손님들과 식사 겸 술자리를 하고 얼큰한 상태로 잠들었다. 잠들기 전 아빠에게 가서 말을 걸었다.

> 나 _ "아빠, 요즘 날씨가 덥데. 그러니까 안 쓰러지게 조심해, 그리고 이제 일을 좀 쉬엄쉬엄했으면 좋겠어."

라고 말하자 아빠는 술기운에 말을 이어갔다.

> 아빠 _ "난 괜찮아. 근데 너 일은 안 힘들어? 있잖아, 너 힘들면 무조

건 그만두고 와. 그리고 다른 것 해도 되니까, 그 대신 내가 많이 신경은 안 쓸게. 알지? 돈 필요하면 이야기하고."

한동안 말을 못 한 채 알겠다는 대답 후에 방문을 닫고 나왔다. 우리 아빠는 옛날부터 날 많이 생각했다. 표현이 서툴러 자식들에게 나타내는 것을 잘 못 한다. 내가 그 점을 닮아서 그런지 아들도 표현을 잘 못 한다는 소리를 가끔 듣곤 했다.

예전부터 항상 우리 집은 저녁을 같이 먹었다. 엄마가 먼저 들어와 음식을 하고 있으면 아빠에게 전화를 걸어 귀가를 말씀드린다. 그럴 때마다 아빠에게 잊지 말고 문구점에 들러 오락기, 레고 등 여러 가지 장난감을 사다 달라고 했다. 그 게임기의 색이나 형태를 이야기하면 아빠는 항상 그거와 같은 것을 사 왔다.

누나와 나를 평등하게 키웠다고 생각하지만 사실 난 아들과 막내라는 특권을 꽤나 많이 누린 장본인 중 하나다. 누나들에게는 지금 생각하면 너무 미안하다. 평등한 척하는 것일 수도 있지만 부모님은 날 엄청나게 위해주셨다.

힘들게 일하고 들어오면서 내게 몰래 준 장난감은 아빠에게는 소소한 재미였을 것이다. 장난감을 받은 막내아들은 세상을 가진 것처럼 아빠가 제일 좋았다. 다른 집 아들 부럽지 않은 표정으로 날 흐뭇하게 보며 아빠는 항상 미소 지었다.

귀한 아들이라 칭한 난 그렇게 한없이 받기만 했다. 커가며 가끔은 아빠가 미울 때도 있었다. 술에 취한 날이면 아빠의 술주정이 내겐 그저 듣기 싫은 잔소리인 줄만 알았지만 지금 생각하면 그것이 다 나를 위한 말이었다. 잘못된 길을 가지 않게 바로잡아 주며 계속 따뜻한 말로 무엇을 해도 내 아들인 것을 확인시켜 줬다.

짙은 눈썹과 큰 눈, 갈색의 눈동자와 크지도 작지도 않은 어중간한 키, 식성과 성격까지 확실히 난 아빠의 아들이다. 아빠에게는 이미 삶이라는 큰 선물을 받았고 그 세상 속에서 강하게 살아가는 방법을 배웠다. 계속 주고도 아직도 덜 주었다고 생각하는 아빠 덕에 마음을 따뜻하게 품고 나도 누군가에게 한없이 주는 세상을 살아가려고 노력 중이다.

하얗던 피부는 점점 타들어 가고 퉁퉁한 손은 이제 언제 붓기가 빠질지 모른다. 자주 잔병치레를 하곤 하는 우리 집의 가장은 아직도 내게, 그리고 자식들에게 주려고 한다. 이젠 그것을 계속 받으려고 한다. 그러곤 아빠가 준 것처럼 나도 아빠에게 내가 느낀 세상을 나눠줄 것이다.

모두가 분명 여러분 인생에 한없이 주고도 더 주려고 하는 사람이 있을 것이다. 그것이 가족이든, 동료든, 누구든 간에 준다면 그것을 받길 바란다. 한없이 주려는 사람들은 주는 것이 더 편한 것일지도 모르지만 그 대신 그 존재 자체와 당신에게 행하려고 하는 그것을 기억하길.

좋은 표현을 해주고 받은 만큼 여러분도 누군가에게 한없이 주는 사람이 되세요. 어쩌면 그것이 이치이고 순리일지도 모르잖아요. 반복되다 보면 분명 좋은 세상이 올 겁니다.

사람답게 사는 것을 알려준 아빠는 지금도 내가 제일 존경한다. 내게 인생은 얼마 살지 않았지만 좋았다. 앞으로도 그럴 것이다. 그와 함께였던 것처럼, 받기만 한 것처럼.

비웃음을
환대로

어릴 때부터 무모한 걸 좋아했다. 성격은 무모하진 않아도 이것도 해보고 저것도 해보는 걸 좋아한 나머지 그 습관들이 지금의 나를 만들었다.

공부를 유독 잘했다거나, 잘생겼다거나, 운동을 잘한다든가 그런 것이 없었다. 다 하긴 해도 무엇을 특출하게 잘하는 것이 없었다. 초등학교 때는 줄넘기를 잘하는 애들이 부러웠고 중학교 때는 축구나 달리기를 잘하는 친구들이 부러웠다. 고등학교 때는 공부를 잘하는 친구들이 부러웠고 웃음이 나는 이야기지만 대학 시절은 키가 큰 사람이 부러웠다.

지나온 시간들을 어정쩡하게 하다 보니 삶 자체가 어정쩡하듯 흘러온 적도 많다. 1등부터 30등 중 항상 애매한 17등, 18등을 하며 살아왔고 내 인생은 그렇게 17, 18이란 숫자가 익숙해졌다.

대학 시절 노력한 결과물이 성적이었고 후배와 함께 1등, 2등을 다투며 그렇게 내 인생 유일하게 대학 시절에 공부에서 유능함을 보였다. 그것이 끝이었다. 주변 사람들은 내가 특출난 것이 하나 있다면 사람을 끌어들이는 능력이라고 했다. 그렇다고 그 능력이 뭐 엄청 좋다거나 그런 것은 없었다.

나는 말하는 것을 좋아하고 듣는 것은 더 좋아한다. 그러다 보니 자연스럽게 흔히들 이야기하는 리더로서의 역할을 충족시키는 조건에 들어맞았고 항상 리더의 자리에서 사람들과 함께 팀 활동을 많이 했다. 출발은 좋지만 결심 면에서나 무모한 성격 탓에 주변 사람들은 내게 말했다.

주변 _ "좋아, 좋은데 네가 가능할까."

예전에는 이런 말과 태도 등을 굉장히 싫어했다. 남을 비꼬듯, 그것이 마치 조언이지만 내게 뼈가 되고 살이 되는 조언을 하는 것처럼 이야기를 하는 자체에 시늉만으로도 치를 떨었지만 이젠 조금 편하게 듣고 오히려 자주 들으려고 하는 편이다.

이유는 단 하나다. 그런 말을 들어야 더 할 수 있으니까, 내 열등감을 더욱 끌어올려 잊지 않고 살려고 한다. 하물며 부정적인 말을 더 들어야 내 현실을 안다. 그다음부터는 충분히 너희들을 위해서 나란 사람이 할 수 있다는 것을 기필코 보여주고 말겠다는 일종의 경각심이라고 해두자.

사실 내가 정한 것들을 어디 가서 이야기하진 않는다. 아는 사람도 별로 없다. 말하기 부끄럽거나 믿는 사람이 없어서가 아니다. 분명 당당하고 믿는 친구들도 많지만 그냥 말하기 싫은 것뿐이다. 그게 전부다. 별 이유는 없다.

그 대신 내가 무엇을 해보고 싶다에 관련된 이야기들을 터놓고 이야기는 한다. 하지만 이런 말을 들을 때마다 아무것도 돈을 모으지 않던 그냥 그저 그런 열심히 사는 애가 큰 꿈을 이야기하면 얼마나 우습겠나.

사람들은 항상 좋은 소리만을 하진 않고 쓰디쓴 평판을 말한 적도 많다.

주변 _ "네가? 돈은 있니, 할 수 있을 것 같나?", "그래서 무슨 뭘 할
건데?"

등과 같은 반응들을 보인다. 사실 그런 소리를 들으면 민망한
적도 많았다. 완벽한 계획을 앞세워 이야기하지 못하는 내 자
신이 참 한심하고 초라했지만 듣는 내내 행복했다.

왜냐하면 난 내 것을 꼭 하고야 말겠다는 마음이 더욱 강해
졌으니까.

시간이 지나 회사를 차릴 수가 없어도, 정하지 않고 돌고 돌
아도 내가 결심한 것에 가까워지면 분명 그것은 이룬 것이라
고 당당히 말할 수 있다.

누구 밑에서 일하는 날도, 유럽 한 번 못 가보는 인생이 될
수도 있지만 상관없다. 분명 날 비웃던 사람들보단 훨씬 더 높
고 빠르게 날 수 있는 원동력이 있으니까 말이다.

분명 무엇을 시작하거나 결심할 때 두려워하는 사람들이 대

부분일 것이다. 시작하려고 하면 옆이나 주변에서 계획을 따지려 들고 사사건건 태클을 걸며 당신의 자격에 대해 운운한다면 절대 기분 나쁘게 듣지 말기 바란다. 그런 사람들이 있기에 더 성공할 수 있는 삶을 누리는 것이다. 그런 얄팍한 소리따위는 본인을 더 강하고 크게 키울 것이고 그렇게 성장해 비웃음 쳤던 사람들에게 당당히 보여주면 되는 것이다.

참견에 익숙한 사람들은 더욱 높게 성공하지 못한다. 딱 그정도까지인 것이다. 난 내 친구들에게 항상 이야기한다. "야, 성공하자." 그럼 친구도 나와 같은 말을 하며 대화를 끝낸다.

얼마 남지 않았다. 나도 그대들도 인생에 가득한 비웃음들이 결국 환대로 바뀌는 영광스러운 날들은 곧 올 것이다. 분명히.

죽음이
두려운 이유

가끔 죽음에 대해 생각할 때가 많다. 그럴 때마다 그 죽음이라는 것을 받아들이기는 쉽지 않다. 초월적인 곳을 걸어 다니며 아무것도 없는 형체를 뜬구름 잡듯 한 느낌의 죽음은 내겐 아직 낯설다.

주변에서 죽음을 맞이하는 이들이 점점 늘수록 스스로가 죽음에 대해 고심하는 날이 늘었고, 내 죽음은 과연 어떨까라는 생각도 많아졌다. 죽음이 오기 전 내가 이 세상에서 하고 싶은 일이 무엇이 있을지에 대해서도 어른스러운 고민을 내심 아무렇지 않게 털어놓는 경우도 많다.

얼마 전 SNS에 올라온 영상을 하나 보았다. 오래된 영상이었지만 기록이 남아 있는 것으로 보아 여러 사람들이 자주 본 것으로 예상이 된다.

영상 속 이야기는 이렇다. 처음 의사가 되고 난 후 본인이 내린 사망선고에 대해 이야기를 하는 장면이었다. 한 의사는 자신의 경험을 빗대어 이야기를 이어나갔다. 자신이 처음 의사가 되고 어린아이가 아파 결국 사망선고를 내리게 됐는데 아이의 부모를 보며 아이가 우리 곁을 떠났다고 사망선고를 했는데 아이 아버지는 아이를 껴안으며 펑펑 울었다고 한다.

보통 환자가 사망하면 정리를 해야 하지만 거기 있는 모든 관계자들은 아이 아버지의 눈을 보자마자 아무것도 정리를 할 수 없었다고 한다. 의사는 말을 이어갔다.

"기억은 잊히기 마련인데 어떠한 기억들은 가끔 시간이 지날수록 더욱 선명해지는 것 같아요."

영상을 한참 동안 보면서 죽음에 대해 계속 생각하는 시간을 가졌던 것 같다. 작년 할아버지가 내 곁을 떠났을 때 너무

나 힘들었다. 살이 찢어지고 몸이 부서지는 것보다 더 힘들었다. 내 기억이 그렇다. 마치 할아버지 집을 가면 침대에 할아버지가 앉아 있을 것만 같은 기억, 내 손주를 가장 예뻐한 우리 할아버지가 마치 전화를 걸어 전화 좀 자주 하라는 이야기를 할 것만 같았다.

살아 있는 사람들에게 죽음은 기억과도 같은 것들을 살려주는 의미로도 느껴질 수 있다. 죽음을 맞이하는 사람은 모른다. 그 죽음이 어떠한 것이든 이미 세상을 떠났기 때문에 더 이상할 수 없을 것이다.

나도 내 주변 사람을 잃는 것에 죽음이 두렵고 내가 별이될 생각에 더 두렵다. 항상 가슴이 먹먹하고 답답한 느낌을 주는 것이 역시 가장 두려운 존재가 맞나 싶기도 하다. 한 번쯤은 자신의 죽음에 대해 생각해보는 것도 나쁘진 않다. 애초에 죽음은 이미 우리 삶에서 같이 공존하는 것들일지도 모른다. 누군가를 잃고 살아가야 하는 세상, 자신의 일부를 포기하고 지내는 시간들은 이미 정해져 있을지도 모른다.

죽음의 순리는 반비례가 아니라 비례하기 때문에 쫓기보단 이미 기다리고 있는 것을 맞이하는 것이 죽음이다. 글을 썼다 지웠다 하기를 반복하는 지금, 복잡한 심정 속에서 아직도 죽음이 두려운 이유를 찾지 못했다.

인생의
두 번째
단락으로
넘어가기 전

벌써 글을 쓴 지 짧다면 짧고 길다면 긴 날들이 지났다. 글을 쓴다는 순간부터 가슴이 뛰고 미세한 떨림이 함께했다. 비록 다듬어지지 않은 글이지만 정성스럽게 쓴 글이기에 더욱 조심스럽게 생각된다.

졸업을 하고 취업을 준비하는 동안 힘든 순간 속에서 가슴 뛰던 일이 없었지만 이렇게 기록을 남기며 무엇을 써 내려가는 기간 내내 내가 조금 더 활기차졌고 목표에 다가가려고 발버둥 쳤다. 뭐라도 해야 한다는 말처럼, 뭐라도 되려고 하다 보니 평범한 삶이 조금씩 특별해지고자 한 것 같다.

글을 적는 동안 내가 생각하고자 한 폭이 넓어졌고 기억 속에 갖고 있었던 것들이 더욱 선명해졌다. 알고 있던 가치관은 더욱 세련돼졌고, 급하게만 지내려고 했던 것들을 바꾸려고 했다. 반성의 기회도 있었기에 내가 가지고 있던 안 좋은 것을 고치려고도 했다.

좋은 습관을 갖게 해준 것 같아 그것에 너무 감사하다. 항상 힘들고 지칠 때 여행을 떠나는 상상을 한다. 그 속에서 내가 좋아하는 사람들과 좋아하는 것을 하고 좋아하는 음식을 먹으며 시간을 보낸다.

또 한 가지는 물론 책이다. 힘들 때 읽었던 책들이 내겐 큰 위로였고 동료였다. 감정을 유일하게 느낄 수 있었고 이 세상엔 아주 좋은 글들이 많다는 것도 느끼게 해주었다. 용기를 주고, 도전을 주고, 같은 공감을 해준 백지 위의 검은 글씨를 사랑한다.

글을 마무리하는 입장에서 지금의 글을 쓰는 기회는 내게 인생의 첫 번째 전환점으로 넘어가기 위한 단계 중 하나이다. 이번 기회를 통해 내 꿈과 방향이 바뀔 수도 있다는 상상을 가끔 한다. 글을 적으며 모두가 나처럼 느끼길 바란다. 그저 희망 사항이겠지만 단지 내 책을 보고 어느 곳에서든 평화롭기를 바라는 마음이 정말 컸다.

인생은 아름답다. 커피와 강아지와 고양이 그리고 가족과 동료, 마시멜로와 같은 뭉실뭉실하고 사랑스러운 것들이 너무 많다.

우리는 모두 인생을 살아가는 사람들이다. 다 같은 사람이기에 무엇이 다르고 틀리지 않다. 그러니 우리는 뭐든 할 수 있는 것들도 가끔은 공평할 수도 있다. 상처받고 힘든 모든 이들에게 위로가 되는 좋은 책이길 바라며 글을 마친다.

사랑스러운 그대여, 오늘도 그대를 위로합니다. 괜찮아요. 파도처럼 흘러가는 우리의 삶처럼 모두가 잘살길 바랍니다.

PART

10

경디고 경타

치과 불변의
법칙

어쩐지 치아가 아프더니, 이 사단이 벌어졌다. 며칠 전부터 입병이 자주 났다. 단순히 피곤해서 난 것이라 생각했지만 입술에도 크게 포진이 났고 잇몸에도 큰 포진이 올라와 결국 피부과를 다녀야 했다. 시간이 지나도 고쳐지지 않아 드라마가 들어가기 전 시간을 틈타 치과를 방문했다. 치과에 들어선 그 냄새는 아직도 어릴 적 기억을 떠올리게 한다. 상쾌하지만 기계가 돌아가는 소리로 인해 모든 이들을 공포로 빠지게 만든다.

접수대에서 접수 후 소파에 앉아 내게 일어날 일을 상상도 하지 못한 채 여유롭게 대기했다. 결국 내 이름이 불렸고 치아 엑스레이 및 CT를 찍었다. 그리고 초록색 천이 내 입술에 덮였다. 이를 보시고 난 후 치료를 중단하시고 갑자기 나를 일으키더니 심각한 표정을 하시곤 선생님께서 말을 하셨다.

선생님 _ "생각보다 많이 심각하네요. 치아 상태가 좋지 않으세요. 어금니는 이미 신경치료를 들어가야 하는 상황이고 몇 개의 충치가 있어요. 사랑니는 이미 신경을 누르고 있어서 수술로 빼야 합니다. 오늘 신경치료 1차 받으세요."

나 _ "알겠습니다. 사랑니도 오늘 마취한 김에 하나 수술하도록 하겠습니다."

어릴 적부터 사고를 많이 쳤던 나는 항상 치과를 다녔다. 자전거를 타다가 이가 부러졌고, 단것을 많이 먹어 충치가 많았다. 돌아가신 내 친할머니와 함께 손을 잡고 치과를 자주 방문했던 기억이 난다. 그래서 그런지 대략적으로 남들과는 다르게 치과를 무서워하진 않는다. 단지, 소리가 시끄럽고 고통이 따르는 건 사실이다. 그래서 아프지만 딱히 이것에 대해 거부감을 갖고 살아가진 않는다. 치과를 오면 내게 가장 큰 걱정은 첫째, 운동을 하지 못하는 것과 둘째, 맛있는 것을 먹지 못하는 것. 이 두 가지가 시련일 뿐이다.

그렇게 누워 크나큰 마취 주사기로 마취를 했다. 마취도 따끔했지만 그새 시간이 지나 볼과 혀는 얼얼해졌고, 정말 마취가 무엇인지 보여주는 것처럼 감각이 없어졌다. 그렇게 오랜 시간 동안 1차 신경치료가 이어졌다. 세 분의 선생님과 간호사분들께서 내 치아에 집중해 열심히 치료를 해주셨다. 나는 마취가 덜 된 신경에 무엇이 닿을 때마다 따끔거리고 아파 손과 발을 꼼지락거리기 바빴다. 그럴 때마다 선생님께서는 "왼손을 들면 멈추겠습니다"라고 하셨고 난 왼손을 들어도 멈추시지 않는다는 것을 알았다.

결국 1차 신경치료가 끝난 후 사랑니를 빼기 시작했다. 20대 중반이 지난 지금 사랑하는 사람도 없는데 도대체 왜 사랑니가 난 것인지 모르지만, 누굴 원망할 새도 없이 수술이 시작됐다. 여러 가지 칼날과 바쁜 선생님의 손끝에 결국 보이지 않던 사랑니가 모습을 드러냈고, 밖으로 빛을 보게 됐다. 사랑니를 수술한 부분에 구멍이 생겨 꿰매야 했기 때문에 꿰매는 과정에서 선생님이 내게 말을 거셨다. 사실 대화를 위해 말을 거셨다고. 다음엔 난 대답권이 없었다. 그저 한탄과도 같은 말을 내뱉으셨다.

선생님 _ "사랑니를 빼면 원래 다들 아파하세요. 사람마다 다르지만 대부분은 아프다고들 하시더라고요. 그래서 꼭 빼고 마취가 풀리면 누구를 때리고 싶고 화나게 하는 마음이래요. 근데 그 화를 저희에게 내세요. 저는 그냥 의사로서 뽑은 것뿐인데 그 화가 저한테 오더라고요. 그래도 전 이게 재밌어요. 뭔가 복잡하고 정교한 수술이랄까."

나 _ (대답 불가)

대답해드리고 싶었지만 수술 중이라서 대답할 수 없었다. 선생님께서는 이야기 후에 터놓고 웃으시면서 깔끔하게 수술을 끝내주셨다. 왠지 마취가 되어 있지만 선생님의 말을 듣는 순간 온몸이 시큰거렸다.

치과는 항상 불변의 법칙이 있다. 냄새만 맡아도 아프고, 소리만 들어도 아프다. 내 모든 신경이 치아로 가는 순간 물 한 방울이 떨어져도 아프다. 그래서 항상 어린아이들은 엄마 손을 붙잡고 오는 치과에서는 울음소리가 한가득 찬다. 치과를 좋아하는 사람도 없다. 정말 변하지도 바뀌지도 않는 법칙 중 하나다.

이가 아픈 것은 자신의 관리 부족으로 인한 탓인데, 치료가 아픈 것은 그저 의사가 아프게 하는 것이 아니라 본연의 느낌이 아픈 것뿐인데 그것을 탓하는 경우가 다반사이다. 그날 치료가 끝나고 일주일 후에 다시 방문을 했다. 수술한 부분의 실

밥을 제거하고 2차 신경치료가 이루어졌다. 2차 신경치료는 제일 정교하고 오래 걸리는 단계라서 1시간 정도 수술을 진행했다. 난 누워 있는 내내 통증이 심했고, 결국 다 끝나고 나오면서 혼자 화를 냈다.

오래 걸린 것도, 아픈 것도 짜증이 났다. 내 감정이 주체를 못 해 혼자 더운 날 거리에 서서 생각을 하던 찰나 문득 드는 생각이 있었다. 그때 처음 치과를 갔던 날 선생님께서 했던 말이 내 머릿속을 스쳤다.

환자분들은 모두 짜증이 나거나 화가 나면 자신에게 낸다는 것에 대해 깊이 생각해봤다. 나도 그중 하나가 될 뻔했다. 치아를 치료하는 사람은 무수히 많고 그 사람들의 감정을 다 받는 의사와 간호사분들은 환자를 건강하게 만들고도 나쁜 사람이 되는 격이다. 회사로 돌아가는 택시 안에서 조금이나마 반성을 했던 날이었다. 우리는 모두 치과 불변의 법칙 속에서 살고 있다.

분명 본인 모두는 안다. 누구의 탓도 아닌 아픔을 치료해주는 고마운 의사 선생님과 간호사 덕분에 덕을 많이 본다는 것을, 하지만 치료 후 아픔으로 인한 주체 못 하는 감정도 누구를 탓할 수 없어 결국 의사와 간호사들에게 간다는 것을.

조금의 다른 태도로 바라보는 게 정답일 순 없지만, 수고하시는 그분들에게 모두 감사하다는 마음을 갖는 것은 당연하다고 생각한다. 자신보다 환자의 아픔을 덜고 건강을 찾게 해주는 것이 이 세상 무엇보다 값지고 좋은 일이라고 본다.

오늘도 감사했습니다, 선생님들. 그래도 감자칩은 포기 못 하는데 먹어도 되죠?

축하의
의미

얼마 전 내가 태어난 날이었다. 살면서 딱히 생일에 대한 깊은 의미를 두지 않았던 터라 이번 생일도 그저 그런 축하를 받고 끝날 것이란 예측을 했다. 당연히 태어난 것은 축복받고 중요하다고 생각하지만 나보다는 나를 이 세상에 태어나게 해준 부모님에게 더 감사하다. 몇 개월을 배 속에 품고 또 품어 빛을 보게 해준 그들에게 축하를 해야 하는 것도 당연하다.

12시가 지나 같이 자취하는 친구들이 케이크를 해줬다. 내가 좋아하는 아이스크림 케이크였고, 초만 불고 바로 잠들었다. 다음 날 다른 것 없는 일정이 이어져갔고 회사에 출근해 일을 시작했다. 회사분들께서 축하한다는 말을 해주셨고 일을 하는 동안 수많은 선물과 축하로 인해 내 핸드폰은 쉴 틈이 없었다. 감사하고 너무 고마웠지만 그저 그냥 그랬다.

일이 끝나 할머니네 가서 밥을 먹고 동네 친구와 만나 커피를 마셨다. 소소하게 지나가는 대화 속에서 즐거웠고 그렇게 시간을 보냈다. 집에 도착 후 씻고 잠을 청하기 전 누워 핸드폰을 통해 왔던 축하 문자 답장을 모두 보냈다. 생일을 보내며 사실 연락이 온 사람도 있지만 연락이 오지 않은 사람도 많다. 생일을 통해 내가 상대방을 생각하는 마음의 깊이와 상대방이 나를 생각하는 마음의 깊이는 반비례한다는 것을 자주 느낀다. 또한 뜻밖의 사람에게서 소중하고 따뜻한 마음을 느끼는 반면에 내가 소중하다고 생각하는 사람들에게는 못 느끼는 경우도 종종 있다. 이런 마음을 느끼기는 싫지만 결국 사람 보는 눈을 더 정확하게 만들고, 참 사람을 치사하게 만든다는 생각도 가끔은 한다.

많은 사람들의 축하는 이어졌고, 가장 기쁜 날의 생일을 보냈다고 생각이 들었다.

생일이 지나고 난 뒤 내게 무언가 잘못이 있다는 것을 깨달았다. 충분히 특별한 날엔 그 특별함을 즐길 줄 아는 힘이 필요하다. 살면서 평생을 평범하게 사는 사람들이 대다수다. 그렇기에 일 년에 몇 번은 특별함을 즐겨도 아무도 본인에게 타박을 주지 않는다.

신은 1년에 몇 번은 특별하게 살아도 된다는 허락을 하셔서 그런지 종종 그런 일들이 있다. 그럴 때마다 나는 축하라는 것이 그저 인사치레와도 같아 그것을 반기거나 표현을 잘 하지 못한다. 근데 이것이 너무나 잘못된 생각이란 것을 깨닫게 해줬다.

상대방을 축하한다는 것은 쉽지만 어려운 일이라고 생각한다. 축하를 받는 사람이나, 해주는 사람 모두가 그 의미를 기억하고 진심 어린 마음을 주는 것이기에 해주는 사람도 그 마음이, 받는 사람도 감사하게 여겨야 한다. 그저 그런 날이라고 생각한 내 생각은 이번 수많은 축하를 통해 많이 바뀌었다. 충분히 축하를 받을 날이었고, 그것을 조금 더 즐겼어야 했다.

우리는 살면서 축하를 받을 일들이 많지 않다. 당연히 많으면 좋겠지만 인생을 살아가는 데 있어서 그것이 힘들다는 것을 누구나 잘 안다. 그래서 난 축하받을 일들이 있다면 모두가 그 축하를 즐기고 누렸으면 좋겠다. 하나의 특권이라고 생각했을 때 몇 없는 황금의 시간이다. 그러니 자신에게 온 축하받은 날들과 여러 사람들의 축하를 소중하게 여겼으면 한다.

이 세상에 불필요한 축하는 없다. 내가 됐든 남이 됐든 전달하는 것에 있어서 축하의 의미를 잘 살려 진심으로 축하해주길 바란다.

TO. 축하를 받아야 하는 사람들에게

많은 시간을 돌고 돌아 특별한 날을 맞이해서 축하해, 분명 더 좋은 일들은 일어날 것이고, 의미를 찾아 떠난 삶 속에서 소중함과 행복이 네 곁에 있기를 바랄게. 축하해.

배움의
자세

　지나가는 날과 다를 것 없는 날이었지만 유독 어느 특정한 날에 좋지 않은 일들이 펼쳐진다. 회사에서 업무처리가 잘 진행되지 않아 많은 스트레스를 받았고, 사람과 사람을 대하는 것이 지쳐 목 끝까지 알 수 없는 감정들이 포화 상태로 스스로를 놔버리게 만들었다. 오늘만은 대중교통을 타고 갈 수 없기에 오랜만에 택시를 타고 집으로 향했다. 가는 내내 기분이 풀리지 않아 우울한 표정으로 창문을 보며 친구에게 말을 걸었다.

　나 _ "그냥 그저 짜증이 나. 그래도 내가 참는 이유는 하나야. 뭐라도 배우니까, 정말 이 세상엔 배울 것 없는 것이 없어. 그래서 그 말하는 방법 하나라도 배우려고 참는다.”

친구에게 말을 걸자, 듣고 계시던 택시기사님께서 내게 말을 걸었다.

택시기사님 _ “아주 듣기 좋은 말이네요. 좋은 생각을 갖고 회사에 다니네요. 맞아요. 일을 하면서 정말 힘들고 짜증 나는 순간들이 많지만 배우지 못하는 건 없어요. 하물며 싸워도 대화하는 감정과 태도에 대해 배우는 것이 세상이잖아요.”

듣고 멍한 표정으로 창문을 바라봤다. 맞다. 분명 택시기사님 말이 정확하다. 우리는 살면서 배우지 못하는 순간은 없다. 누구와 싸웠을 경우에도 감정을 느끼고 화해를 하는 방법을 배운다. 지쳤을 경우 그것에서 헤어 나올 수 있는 방법과 그냥 그대로 흘러가는 등의 여러 가지를 느낀다.

무엇에 대한 애정도와 친밀감에 따라 배움의 깊이는 달라지고 그것에서 깨달음도 달라진다는 것을 모두는 안다. 여러 부류의 사람이 있지만 그저 다음에 싫고 배우기 싫은 마음을 갖는다면 많은 일에 싫증이 날 것이고, 자신의 뜻대로 되지 않는 것에 화가 날 것이다. 하지만 하나와 둘을 전부 배우려는 사람의 태도는 다르다. 받아들이는 수용적 태도는 다른 사람들과 깊이부터 차이가 날 것이고 더욱 느끼고 다음에 행할 어떠한 일들과 관련해서 더욱 능숙한 모습을 보여줄 것이다.

꼭 무엇을 배워야만 성공하고, 특출한 것은 아니다. 내가 여기서 말하고 싶은 것은 자신이 지치고 짜증 나는 일들이 가득했을 때 그냥 이것도 배우는 것이다, 하고 지나갔으면 좋겠다. 자신이 하고자 하는 일과 풀리지 않은 실타래 속에서 스트레스만 받는다면 결국 헤어 나올 수 없는 늪에 빠져 손을 놓아버리게 된다.

분명 주변에 있는 모두에게 배울 점은 있을 것이다. 그 배울 점을 극대화시켜 자기 것으로 만든다면 점점 장점이 많은 사람으로 인정받을 수 있을 것이다.

택시를 타고 난 후 기사님께서 내게 말을 걸지 않았더라면 아마 그날은 택시에서 내려서 쉽게 무엇인가를 포기하고 결국 내 자신은 조그만 어떤 것일지라도 잃었을 것이다. 그날의 말 한마디가 나의 무엇인가를 지켰던 것이다. 비록 배울 것이 없어도 배우며, 배운 것을 자신의 것으로 만들어 더 나은 사람이 되길 바란다.

괜찮다니까

어림잡아 7년이다. 7년의 시간을 모두는 어떻게 생각하는가? 난 정말 7년이면 많고 많아 무엇이든 할 수 있고 결심할 수 있으며 밥을 몇 그릇 먹는지에 대해 생각할 수 있는 아주 긴 시간이라고 생각한다. 그런 7년의 시간 동안 난 대학교를 다니면서 친해진 친구가 있다. 동네 친구들만큼 친한 친구로서 같이 산 지는 3년 정도 된다. 왠지 나와 비슷한 성격과 생각을 가진 것 같으며, 행동까지도 똑같을 것 같다. 그렇게 우린 7년의 시간이 지났다.

나와 함께 같은 방송 일을 하며 자취를 하고 있지만 얼마 전 친구는 일을 관뒀다. 여러 가지 이유로 인한 힘듦의 연속과 아무도 자기 자신을 알아주지 않는 비참함, 현실의 깨달음 덕에 결국 일을 그만두고 집에서 다른 일을 위해 준비 중이다.

다시 이 험한 취업전선에 뛰어든 것이다. 난 친구가 힘들 때 공감과 위로를 많이 해주지 못했다. 앞에서도 말했지만 얄팍한 조언이라 치고 친구에게 말한 것들이 결국 친구를 더욱 나락으로 빠뜨리고 싶지 않았다. 그래서 많은 말을 해주진 못했다. 글을 보고 있다면 심심한 사과의 말을 던진다.

갈피를 잡지 못했던 친구는 결국 내게 말을 건넸다.

> 친구 _ "중인아, 나 무엇을 해야 할지 모르겠어. 이게 맞는 건지도 잘 모르겠고 그냥 무엇을 해야 하고 그것이 잘 안 됐을 때도 그렇고, 그냥 두렵다."

완전히 똑같은 말을 기억해내기 어렵지만 어렴풋이 저렇게 내게 이야기를 했던 것 같다. 사실 이번에도 해줄 말은 없었지만 난 가만히 듣고 화가 났다. 당당하고 멋지게 살자던 친구였는데 어느새 현실과 타협을 하며 자신의 자격을 낮추고 힘들어하는 모습을 보니 본연의 모습을 잃어버린 것 같아 마음이 좋지 않았다. 도대체 무엇이 내 친구를 그렇게 만들었는지는 모르겠지만 안타까운 마음뿐이었다.

친구에게 몇 마디를 건넸다.

나 _ "야, 괜찮다니까? 아니 아직 아무런 도전도 안 했고, 하더라도 분명 실패가 따를 거야. 근데 있잖아, 힘들어도 배울 것이고, 안 되면 또 하면 돼, 뭐 하고 싶은지 몰라도 그냥 하면 돼, 아직 실패한 거 아니고 분명 잘될 거야."

한 치 앞을 내다볼 수 없는 상황에서 좌절감과 실망감만 안고 살아간다면 이 얼마나 슬픈 세상인가. 내 친구도 마찬가지일 것이고 다른 사람들도 같을 것이다. 분명 이것이 맞는가에 대한 의문점과 시작하기도 전 두려움과 실패할 가능성으로 인해 다가가지 못하는 경우들은 물론 다반수이다.

무조건 성공한다는 이야기도, 현실적으로 생각하라는 조언도 해줄 수가 없는 이 상황에서 가장 힘든 것은 이런 것을 느끼는 본인일 것이다.

생각보다 세상이란 곳은 넓기도 하지만 좁기도 하다. 이런 세상 속에서 하기도 전에 지레 겁부터 먹으면 우리의 청춘이 아깝다. 우린 나이가 많든 적든 도전할 수 있다는 생각만으로 그것이 청춘이 된다.

청춘의 시간과 젊음이 아깝게 생각되기 전에 할 수 있는 것들과 해볼 수 있는 것들을 다 해봤으면 좋겠다. 고뇌의 시간과 깨달음의 미학이 지나고 난 후 정말 그때 할 수 있는 것들과 없는 것들이 나뉠지도 모른다.

주변에 분명 자신에게 있어 믿음이 없는 사람들, 해낼 수 있다는 자신감이 없는 사람들이 있다면 딱 한마디만 던지길 바란다.

"괜찮다니까?"

episode 50

인생을
두 번째
산다는 것

벌써 책의 마지막 에피소드를 향해 달려왔다. 좋은 글이라 칭하면 좋은 글이 되고 볼품없는 글이라 칭하면 이것이 볼품 없는 글이 될 것이다. 글을 쓰고 책을 낼 생각을 하면서 인생을 두 번째로 다시 산다는 기분이 들었다.

짜인 틀에 맞춰 시간을 보내다 보니 다른 것에 당연시되어 버린 습관이 생겼고 무엇을 하고자 하는 의지가 많이 없어진 것은 사실이다. 그러다 보니 자연스럽게 단체에 동화되어 일하기를 바랐다. 취업을 하고 많은 것을 느끼며 꾸준히 책을 읽지 않았더라면 아마 이 글은 세상 밖으로 나오지 못했을 것이다. 대단한 글도 아니고 특별한 글도 아니라고 생각한다. 단지 펜이 있어 생각을 적었고 시간이 남아 경험을 빗대었다.

이 세상에 나오는 모든 글들은 좋은 글밖에 없다. 그렇기에 더욱 간절함과 절박함이 담긴 책들이 우리를 더욱 성장시킨다. 추억은 글이 됐고, 내 마음은 표현이 됐다.

이 책을 쓰면서 느낀 것이 있다면 앞으로 살아가며 무슨 일이 일어날지 모르지만 우리는 우리를 위해, 그리고 나를 위해 살아갔으면 좋겠다는 생각과 절대 포기하지 말고, 혹시라도 포기하는 순간이 온다면 온전히 자신을 믿고 흔들리지 않는 모습으로 살아가길 바란다는 것을 뼈저리게 느꼈다.

단순히 무엇을 이루기 위해 생각만을 갖고, 시간만 주어진다면 할 수 없다. 직접 부딪혀보고 그것을 온 오감을 이용해 느끼고 생각하며 투지를 지녀야 한다. 실패를 겪었다고 해서 포기를 맛보기엔 아직 이르다. 계속되는 실패 끝에는 아주 달콤하고 맛있는 것들이 기다릴지도 모른다.

무엇을 도전하고 이루기까지 인생을 두 번째로 살아가는 표현을 쓰고 싶다. 아직 내겐 남은 세 번째, 네 번째 인생이 있으며, 그것이 보이지는 않는다. 앞으로도 그것을 이루기 위해 살아갈 것이고 이것들을 행하려 할 것이다.

수많은 일화를 통해 모두에게 귀감이 되고 위로해줄 수 있는 사람이 되길 바랍니다. 우리에겐 동료도, 가족도, 친구도, 온전한 자기 자신도 있습니다. 그러니 걱정 말고 다음 순서를 위해 박차고 나가세요.

당신은 지금 몇 번째이십니까.

에필로그

　이야기 끝에 쓰는 제일 마지막 장, 다시 만날 수 있을 것 같은 기대감과 끝이라는 후련함이 같이 공존하는 명확한 표시의 단어 중 하나.

　대학 시절 학교를 다니며 선배들을 도와 실습을 했던 적이 있다. 실습을 도와주었을 때 그 팀 이름이 에필로그였다. 단순히 마지막을 뜻하기도 했지만 우린 돌고 돌아 다시 만난다는 의미로 팀 이름을 지었다고 한다. 충분히 공감이 됐고 좋은 말이라 여겼다.

　이 책을 쓰며 내 인생은 곧 두 번째 새로운 시작을 기점으로 넘어간다고 생각한다. 글을 쓰고 책을 내기 전과 후. 살면서 수많은 글을 보았고 그 글에서 무한한 영향을 받았다. 그런

영양가 넘치는 사람이 되길 원했고 결국 그런 사람이 됐을지는 모르지만 아주 가까운 곳에서 맴돌고 있었다.

　힘들면 도망가자. 걱정과 태산 같은 일을 버리고 가끔은 여행 같은 삶을 살자. 평범해도 특별하지 않아도 괜찮은 우리에게 의미가 전해지는 것은 나 자신뿐이다. 그러니 무엇을 찾지 않아도 좋으니 그냥 그저 그런대로 살자. 분명 우리는 어디서든 다시 만날 수 있다. 그것이 글로, 책으로 그리고 위로 같은 것들로 돌고 돌아 만날 것이다.

　힘들게 삶을 사는 그대들에게 어쩌면 삶이 제법 괜찮다고 말하고 싶은 책을 쓰고 싶어 머리를 싸매 글을 썼습니다. 시간이 날 때마다 쓰고, 생각이 날 때마다 이곳저곳에 적으며 표시

했습니다. 과연 이것이 얼마나 좋은 책일지는 모르지만 세상을 살아가는 데 있어서 여러분들에게 조금의 괜찮음으로 남았으면 좋겠습니다.

말은 턱없이 부족하지만, 역시 글로도 부족한 표현 덕에 책에 담지 못한 것들에 관해 아쉽지만 후회는 하지 않으려고 합니다. 분명 제가 적은 부족함을 누군가가 읽고 또 그것에 대해 글을 쓰고 또 다른 사람이 글을 쓰는 좋은 일이 일어나길 바랍니다.

위로하고자 쓴 책에서 저자인 제가 더 위로를 받았고, 느끼는 것도 많았습니다. 분명 제 곁을 떠난 사람도, 그날의 상처도, 그때의 기억 전부를 이젠 편히 담아둘 수 있을 것 같습니다.

그대들의 삶을 제가 살 순 없지만 모두가 행복했으면 좋겠습니다. 무엇으로 인한 불안과 흔들림이 가득한 시절을 지내는 우리가, 지금 이 시절에 뭐든 할 수 있다는 것에 응원합니다.

어쩌면 제법 괜찮을지도 모르는 삶을 사는 우리 돌고 돌아 다시 만나길.

어쩌면
제법
괜찮을지도

초판인쇄 2020년 10월 20일
초판발행 2020년 10월 20일

지은이 신중인
펴낸이 채종준
펴낸곳 한국학술정보㈜
주소 경기도 파주시 회동길 230(문발동)
전화 031) 908-3181(대표)
팩스 031) 908-3189
홈페이지 http://ebook.kstudy.com
전자우편 출판사업부 publish@kstudy.com
등록 제일산-115호(2000. 6. 19)

ISBN 979-11-6603-152-6   03810